JN270303

京大坂の文人

幕末・明治
付『大和国名流誌』

管　宗次

上方文庫21

和泉書院

はじめに

最近読んだ週刊誌のエッセーで、なるほどと思ったことがある。今時の俳優で本を読んでいる、いかにも本を読み耽っているような演技のできる俳優がいないという。そのエッセーのなかでは岸田今日子ぐらいしかそんな演技のできる俳優はうかばない、とあってますますなるほどなと思った。そのエッセーが、それは今時の人がいかに本を読んでいないか、ということと関わるとしめくくるに及んで、これから一冊の本を出す私は考え込んでしまった。

そうした目で、電車のなかをみまわすと、あの耳障りで不快な（人間に一番不快な音が外にもれているのだとある子供むけの科学雑誌に書いてあったが）音を堂々と横柄な風でまわりの人々に聞かせている若者（中年や老年もいるが）ばかりがめだち、車内に本を読む人が大変に減ってしまったことに気付かされた。どうやらウォークマンというのはテレビ以来の日本人を愚かにする大発明だったようである。

先に出版した「京大坂の文人」は様々な新聞の読書欄に取りあげられて、重版を重ねたが、初出は新聞連載したものなので、常用当用漢字の範囲内の用字で、人名・地名・書名はルビ付きなのに、学生に読ませるとまともに三行と読まれたことがめったにない（勿論、きちんと読める学生もいるが）。

およそ千年いや千年以上もの国家としての形態と独自の文化を保ち続けてきた国で、高等教育（高校）の科目のうち自国の歴史である日本史が選択などという愚かな行政が施されている国は、先々滅ぶかもしれない。

また国文学科が不要不急というのは第二次大戦中の国策に似ている。

かつて、国文の危機は何度もあった。平安初期の国風暗黒時代と明治時代の文明開化期、しかし国文学は滅ばなかった。次は第二次大戦で敗北後の急激なアメリカナイズ（一時のフランスもそうだったらしいが）、これのほうが、確実でより厳しい危機のように思われてならない。

あの電車のなかでのウォークマンのカシャカシャという音漏れは犯罪とまではいわなくても、周囲への暴力と思えてならない。電車のなかで本を読み耽ける知的な若者がもっと増えてほしいと願いつづけている。

さて、この本も「京大坂の文人」と同じく写真や図版が多い、それは手書きされた文字（肉筆）を眺めて、その情緒や雰囲気に少しでも触れていただきたいからである。出版社にすれば、手間とコストのかかる面倒な本であろう。古来、日本では文学とは、生活のなかに書幅（しょふく）や短冊の形で室内装飾として散りばめられ、生きる上での哲学や人生訓となったり、喜怒哀楽を伝えたり、残したりする不朽の道具であったりした。よって肉筆を尊び、その息づかいや思いの深さの伝わるそれらを少しでも本書を手にした人々にも味わっていただきたく思うのである。

文化は消費ではない、蓄積である。文化とよばれるものが盛んなところに自然と骨董品と呼ばれるような物も種々色々と生まれてくるのであろう。しかし、なにも骨董品を増やすために文化があるのではない。文化は、各々一人一人の知識や感性や美意識や哲学や倫理の充実とバランスから生まれてくる高い知性の産物である。本書は、日本における過去の時代のなかでのその知性の頂点の一つの時代は江戸時代の後期から明治時代の中期にあったという観点からまとめたものである。末尾ながら、本書の出版を引き受けてくださった和泉書院社長、廣橋研三氏に感謝の意を表すると共に、校正を手伝ってくれた武庫川女子大学四年生のゼミ生赤川陽子、竹田梨紗の両君、妻の恭子の名を記しておきたい。

平成十二年四月一日

管　宗次

〈目次〉

装訂　森本良成

(1) 大橋長広について

—京における鈴屋門—

一、はじめに

本居宣長は、その晩年、上京し、公卿衆に古典講釈を地下の身にありながら行うという栄誉に浴したが、同時に都における鈴屋門の定着と拡張をもたらしたことというまでもない。

本稿は、宣長没後における鈴屋門の流れ、と京における和歌・国学の流派の動向についてを考察するにあたり、鈴屋門の中心人物として『鈴屋大人五十回霊祭歌』刊行運営に大きな存在を占めた大橋長広を取りあげたく思う。

後述する各章で、資料をあげつつ詳細に考証することとなるが、大橋長広について、を論じていくなかで、その中心となること、また明らかになったことは次の三点である。

一、大橋長広は世代交代における中継の人であった。

二、大橋長広は中心人物では無く、周辺人であったが、人材が皆無のなかでは、徐々に、中心となっていった。

三、大橋長広は凡庸な歌人にすぎなかったが、年齢構成のなかで年長者であり、鐸舎（鐸屋とも）運営には向いた温厚な人柄が幸いして、代表的立場に立たされた。

これらを、裏返しにしつつ、京の歌壇・国学者間の動向からみると、次のような三点が明らかとなる。

一、鈴屋は京では、格別の大きな存在や力を持った存在では無く、単なる諸派諸流の学派学風の一つにしかすぎなかった。

二、和歌・神道学・古典注釈といった総合体系的な学問としての鈴屋学派は京に根付くことはついになく、和歌の添削や歌会運営に京の鈴屋門人たちは重きをおくようになっていった。

三、歌学が家学としての伝統のある京においては、鈴屋門の歌人たちは次の時代にほとんど、より粒の小さい歌人として登場するしかないところの息子たちが歌学と父の門人結社を後継していき、それぞれが家学として分派末流化していった。

では、それぞれの各点を資料をあげつつ論証していくこととする。

二、大橋長広

大橋長広の伝記について、その要略をあげると次の如くである。姓は平、氏は大橋、名は長広、九右衛門また泰造とも称した。号を柿園(かきぞの)、柿庭(かきにわ)とも称す。本居大平(おおひら)の門人、嘉永五年三月五日没、六十四歳。号の柿園・柿庭については、画家の山本梅逸(ばいいつ)とのおもしろい和歌のやりとりがあって

大橋長広のもとより庭におひたる柿の実をそへて

かすならぬこのみなれともことのはの
　道にへたてぬ友かきと見よ
　　といひおこせけれは
ことの葉の光をさへにかきそへて
　このみに余る露の玉もの　梅逸（山本）

この詞書と歌詠をみると、大橋家には美果の柿樹があって、柿園・柿庭はそれに因むようである。これは『鴨川三郎集』（嘉永四年刊）に載るところで、山本梅逸と長広が雅事の友と知られる。

また、大橋長広の息があって、大橋長憙（ながよし）というが、これについては、小笹喜三編著『平安人物志短冊集影』（昭和四十八年四月二十日刊、思文閣）に、小伝を載せている。長憙の伝記を載せる唯一であるから、これを次に引用することとしたい（一〇六頁）。

五九〇　大橋長憙
　よし野山峯にかかれる（ママ）しら雲（ママ）の
　はれぬと見れは春そくれ行　長憙
文雅家（歌人）。姓は平、字は子孝、号は金衣、通称大橋泰之助、京都の人。歌人大橋長広の男、烏丸四条北に住した。慶応四年の京仁志喜には「諸陵寮史生大橋河内大目平長憙」とあり、明治初年の職員録には「諸陵寮大属平長憙大橋」同じく官員録には「行政官筆生大橋縫殿」と出ている。

この短冊には「邦光社兼題霞中花京都府受宕(ママ)郡上賀茂村　大橋長憙」と自署している。明治廿九年二月十日東京に於て卒去、年六十二。下谷区西徳寺に葬ったが関東大震災の後京都知恩院内一心院に改葬された。

（嘉永五 文雅　慶応三 和歌　○再出 和学）

右に、さらの若干のことを加えることができるものがあり、小笹喜三氏宛の大橋敏男氏書簡二通を全文翻刻してここにあげておきたい。これは散佚した小笹氏旧蔵品中の二点である。大橋敏男氏は長憙の息子にあたる。

〔一通は葉書、消印は（下谷）昭和10(?)年11月20日消印〕

（差出人）東京市下谷区谷中真島町一番地五号　　大橋敏男

拝啓　祖父長広並に亡父長憙の事蹟に就き御調査下さる丶由　光栄に奉存候　不取敢御照会の件のみ左に御回答申上ぐべく候

一、釈晃成は長広の妻　即長憙の実母に御座候

　長憙の墓は東京下谷区西徳寺に有之候へ共震災後引払ひ一心院の晃成の墓に合葬致候

　長憙は明治廿九年二月十日東京にて死去致候　行年六十二歳

二、長広の墓は無之東大谷の霊屋に合葬されあるのみに御座候

〔一通は封書、便箋二枚、消印は（三田）昭和10年12月10日消印〕

（差出人・右に同じ）

御はがき拝見仕候　只今の所在地には近親のもの無之残念に存候　尤も小生も父長憙には十三才の時に死別し（母即長憙の妻は大正十三年まで長命致居候）長憙も亦祖父長広には十八九才にて死別せし由にて割合遺聞も無之候へ共　何か御参考に相成るものも有之候はゞ何時にても御回答申上度候
　伝聞ながら左に二三の事実御報告申上候
一、京都の兵火を免れし長広の遺稿短冊類は相当残り居り候へ共未だ整理致し居らず
二、長広当時の書翰類も多少有之候へ共大部分は兵燹（へいせん）にかゝり候
三、千種有功卿に和歌の手ほどきを申上しとかにて之等に関する筆跡等も有之候由なれど之も大部分京都の兵燹及関東大震災にて失はれ候　小生現在の部下に当り居候青年技手が偶然にも此千種有功卿の曽孫に当り居り誠に奇縁に存居候
四、明治廿五年四月京都市東山長楽館にて長広の四十年祭を相勤め候処山階宮殿下を始め当時の全国歌人二百余名の方々より短冊を送られ候　現在之れを家宝と致居候
大橋敏男
小笹喜三様机下

三、『鈴屋大人五十回霊祭歌』

本居宣長を祖と仰ぐ鈴屋門たちにとって、宣長没後の五十年祭の祭主となることは、正統を自負し誇示するにまたとない機会であった。それら鈴屋門の本流・末流の結社がしきりと各所で祭礼と追悼歌会

を催したいきさつについては、出丸恒雄著『宣長の没後――その鎮魂歌』（昭和五十五年十一月五日刊、光書房）にあげられているが、京都での催しとその折の上梓歌集『鈴屋大人五十回霊祭歌』（嘉永三年刊）については、（未見）とされており、刊本だけに、従来この歌集が注目されなかったのは不思議の感すらする。また、それだけ近世後期の京における国学者の研究が遅れていることも察せられよう。

本居家を嗣ぐ本居内遠が祭主となった折の歌集は、『宣長の没後――その鎮魂歌』のなかでもあげられており、その歌集を『五十鈴川』（嘉永五年刊）という。同書序文には、先に刊行されることとなった大橋長広の『鈴屋大人五十回祭歌』について触れた内遠の序文があり、次に部分抜抄すると、

> 此秋はわか祖父の五十年の忌なれはかねてより朝花といふ題を設て歌のまとゐし霊をもまつりけるに国々よりも心さしある人々よみておこせられしかは同しくは桜木に物してかたみに見もしつへくやととりならへ見れはいまたもれたる人も多かれと三百首にもあまれり都にては大橋長広此題によりてやよひの頃つとへしははやく板に彫りて三百四十余首あり尾張の国にて植まつの茂岳事とりて物せしか百五十首あまり近江国人長野義言かつとへたるは二百首はかりこれらはその所にてことに物せむとなりなほかしここにてまとゐ多くありきときけといまたここもとに来らぬはみなもらしつ

として、処々の五十回祭の筆頭にあげ、『五十鈴川』より先に刊行されたこと、所載歌数が上まわることなども記しており、いわば本居家公認の五十回祭が大橋長広中心に京都で執行されたことになる。

では、『鈴屋大人五十回霊祭歌』の序跋ではどうかと各々から部分抜抄すると、巻頭序文で

ことしははやくいそちのめくりなむなりけるかねてよりそのかたのうへに物せられたるやまと心を人とはゝの歌によりて朝花といふ題をまうけてその世忍はむ人この歌ともをつとへむとせしにみさと人大はしの長広とく思ひおこして同しくはその花のころにとて名たゝる花の都の東山なる円山の正阿弥の房にてやよひのなぬかの日になむ人々つとへて物せられける　（もとをりの内遠序）

とあり、次の序文には

鐸屋は古学する家、歌よみ文かく為とて立てる家むかし鈴屋翁この御郷に上られて、学の道開かれたるすなはち、その弟子城戸千楯、長谷川菅緒また大橋長広等かおもひかねもて

（長沢伴雄序）

と、本居家当主たる内遠の序文に名を明記された長広は京都鐸屋（鐸舎）の中心人物の一人ともして長沢伴雄に書かれている。ところが、伴雄のあげる城戸千楯は、本居宣長上京の折の立役者の一人でもあり、寛政九年宣長へ入門の直弟子の一人でもあったが、既に弘化二年九月二十一日に六十八歳で没しており、嘉永三年には五年もの年月が過ぎていた。そして、長谷川菅緒も寛政九年に宣長入門の一人であるが、嘉永元年九月五日に没している。また、大橋長広は寛政九年には、まだ八歳であり、宣長上京の資料から長広の名を拾うことができないし、宣長入門の記録は無く、長広は本居大平の門人であった。すなわち、長沢伴雄の序文は、千楯と菅緒という宣長直門の弟子と並べて長広を掲げるという、宣長五

十回祭での祭主を盛り立てるべく巧みな文飾をかなり意識的に施したことが指摘できそうである。

そして、大橋長広自らものした跋文には次のように記されている。

> としころ鐸の緒にこゝろひかれていりくる人々とゝもに今年鈴屋翁の五十回なれはやよひのころほひむかしをしのひまつりてまとゐせるにをちこちよりふりはへ手向られつる言葉の花もさはなるをたゝうつしかきつめたるのみにてはあかぬわさとて結城池田のぬしたちその外これかれことゝりかくすり巻とはせられたるなり猶風の音のとほく聞つたへてちり来たらんはつき〳〵にゑらせそへむとそ
>
> （大橋長広跋）

といたって事のあらましを述べているだけであるが、注目されるのは、大橋長広が右跋文中に、結城秀雄と池田正韶を同志としてあげていることである。後章であげるが池田正韶こそ、軍談物や名所図絵、通俗啓蒙書に二百点余著述を残した東籬亭その人であり、大橋長広の京都における人脈、人間関係の力で歌壇・学界に重鎮として存在し得たのも、先の長沢伴雄や池田東籬亭という在京屈指の人々との深い交流が大きな背景としてあったことがわかる。長沢伴雄との関わりについても後章に詳しく述べることとする。

では、『鈴屋大人五十回霊祭歌』がどのようなものであったかを述べることとする。

○書誌・体裁　一冊、縦二十二・五㎝×横十六・三㎝、

　題簽　縦十五・九㎝×横三・五㎝

丁数　序文二丁（本居内遠）、序文二丁（長沢伴雄）、本文三十五丁（兼題「朝花」二百九十七名出詠二十二丁、当日通題「名所松」二百六十二名出詠十丁、遅来之分二十八名出詠三丁）、跋文一丁（細谷為由）、跋文一丁（大橋長広）、計四十二丁。

右に、奥付刊記は無い、それは、もともと右一冊は単行一冊本では無く、もう一冊の『鈴屋翁真蹟縮図附録』があって、この二冊で同時に上梓されたためで、この方に奥付刊記が「嘉永三年庚戌冬／皇都鐸舎蔵版」と二行で大きく明記されている。別書として分類されている所も多々見受けるので訂せられたい。

さて『鈴屋大人五十回霊祭歌』は、鈴屋本居宣長の五十年祭の追悼歌集で、宣長表歌である「やまと心を人とはば……」に因み、「朝花」を兼題として詠まれたものを京都において集めたものであるが、「朝花」の題は『五十鈴川』も同題で本居家を通しての通告に類するものがあったのかもしれない。祭礼は、嘉永三年三月七日、場所は京都でも文雅の会がよく催された円山の正阿弥、但し書きが同書にもあって宣長の没日は九月二十九日。同歌集、堂上衆の和歌は「憚不載于此」とあって、巻頭は、正三位祝部希烈（生源寺）以下、順に位官の順、国学者では野々口隆正、福田美楯、倉谷友干、香川景嗣、三宅延之、平茂喬（平塚瓢斎）、長野義言、今堀真中、秋元安民、萩原広道、木村行納、大綱、清水完和、上田千賀子（重子）、蓮月尼等、京大坂、広くは京坂神の上方一帯の歌人および国学者を網羅した感がある。各々の個人歌集などに洩れた新出の一首も多いことかと思われる。同歌集の翻刻紹介は別稿をもってしたく、本稿では大橋長広についてのことにしぼりつつ述べていくこととするので、同集所載の大橋長広、長憙父子の和歌のみを抜き出して次にあげる。

兼題　朝花
さしのほる峯よりてらす朝ひこに
花の面輪もいろまさりけり　　平長憙（本文十七丁裏）

さらに其秋をそおもふあさかほの
ひと花さくらさきそめしより　平長広（本文十八丁表）

当日通題　名所松
ゆきていさみもすそ川にかけひたす
みとりも深きはるの松かえ　　　長憙
つゆの間にいそちすきぬとさか山の
松もとはれし世をしのふらん　　長広

また、同書後に催主と補助の名簿が半丁にわたってあるので、これをあげると、当時の京都の鈴屋門の陣容が察せられる。

催主　鐸舎預　大橋長広
補助　西鐸舎預　清水完和
池田政韶（ママ）、山田嘉猷、能勢春臣、長谷川清秋、結城秀雅（ママ）、斎藤勝威、竹中三千雄、池田政義、服部方明、城戸千屯

すぐに気付くことは、二代目ともいうべき歌人の多いことで、池田政義（正韻〔東籬亭〕の子、東園）、長谷川清秋（長谷川菅緒の子）、城戸千屯（城戸千楯の子）、服部方明（服部敏夏の孫）などがそうである。人物年齢構成からみると、年長の長広がいかに、当時の鐸舎社の中で最も重んぜられたかは推察できる。同じ鐸舎の細谷為由も同書跋文で

ことし鈴屋大人のみたまをいつきまつり給ひしはわか柿庭の主し（ママ）なりけり　（細谷為由跋）

としているだけでなく、『鈴屋翁真蹟縮図附録』の巻頭は、千種有功の題歌が据えられているのだが、

本居宣長か五十年忌を大橋長広かいとなむとて予にも手向の歌こひければ　正三位有功
さく鈴のおとたかくこそきこえけれ
としのふるには行すかひつゝ

千種有功と長広との関わりは、前出の大橋敏男氏の書簡から判ぜられるが、この有功の和歌と詞書は、宣長五十年祭の手向というより、大橋長広を称揚し、長寿の祝歌の如き響きがあるのも、後世の我々には不思議の感すらある。この部分の板下は「右　左馬大允源（池田）正韶謹縮写」とあるのも、長広と

の関係からは注目しておきたい。『鈴屋翁真蹟縮図附録』は、書名の示す如く、本居宣長の遺墨を縮小掲載した図版集で、これらの掲載品が円山の正阿弥で祭日に陳列されたものであることはいうまでもない。その陳列物中には、「しきしまの……」の宣長画讃の義信筆の宣長寿像、本末歌の長歌など優品があがるがその巻頭九幅が「鐸舎預大橋氏蔵」となっている。また当日の展観に供されるのは、東丸（荷田春満）・真淵（賀茂真淵）・契沖などもあったが、大橋長広の出品物には、自らの師である故本居大平（おおひら）のものが多く、特に「大平大人寿像」は注目される一幅である。あらゆる面からみて、本居宣長の五十年祭の祭主大橋長広は本居家公認公式の由緒正しい、またそのはれやかな場にはいかにもつきづきしい人物であったといわねばならないであろう。

四、長沢伴雄

長沢伴雄（ともお）は紀州鈴屋学派の代表的人物であるが、紀州藩における幕末期の政治的な行動の中心人物でもあったために、不運のうちに没した国学者である。しかし、伴雄編の類題和歌集『類題鴨川集（かもがわしゅう）』は大変な人気を得て、その雅俗共に紀州藩でのライバルである加納諸平（もろひら）編『類題鰒玉集（ふくぎょくしゅう）』と競い、為にますます近世後期の類題和歌集の流行と地方歌人をまきこんだ歌壇盛運の一大時代をもたらしたことは強く意識されてよいであろう。

伴雄と長広との交流は、かなり密なるものがあったらしく、諸書に、そのことが見えるが、その最たるものは、ほぼ毎年刊行されるに至った伴雄編『類題鴨川集』である。同書は初編から五編まで刊行されるが、初編は、二編が『類題鴨川次郎集』と題して刊行されるにあたり、重版からは『類題鴨川太郎集』と改題し、次からは三郎、四郎、五郎と名づけて続刊された。嘉永元年に初編、三年に二編、四年に三編、五年に四編、安政元年に五編で刊行されたが、地方歌人と投稿寄稿の出版形式をとるため、大変な人気を博した。そして、その序文には、在京の著名歌人が巻頭を飾った。初編は修理権太夫雅恭（まさたか）（植松）、二編は伊賀守賀茂県主直兄（なおえ）（松田）、三編は大橋長広、四編は竹の屋春臣（能瀬）とあって、同歌集が上梓後、地方へまで売り広められるにつれて、また彼らの名も売り広められることとなった。

『類題鴨川三郎集』（嘉永四年十一月刊）に載るところの長広序文を次にあげる。

かはのなかれにそひて水をえらふに其淵瀬にしたかひて新なをさたむとかそも〳〵都のをちこちに名たゝるなかれおほかれとわきて清きは鴨川になん有けるさるを近世この川の名おほせし歌集うちつゝき世になかれ出たるにさき〳〵にもれのこれる又遠き国々よりつたへ聞てなみより来たるもさはなれは厨子にあふれてせきとゝめかたしとてこたひの二巻はみつくきのひるまなくいそしみかきなかされたりとそされはかのおなし流の川水にけちめあるかことくこのうたにも心の浅深なからんやはそは汲見む人々のあちはひてしるへきにこそかくいふは嘉永四年八月此集撰とゝのへられたるきのとのひとなにかしの友みやこ四条わたりにすめる

大橋長広

また、和歌作法書である『和歌言葉の栞（しおり）』（天保十三年六月刻成、嘉永五年四月御免）には、長沢伴雄の序文が備っているが、この書は池田正韶（東籬亭）の遺児である池田東園の著で大橋長広校閲というものので、次章に一章たてて同書について述べることとする。

五、池田東籬亭（正韶）

先章にあげた如く『和歌言葉の栞』は、複雑な経緯によって上梓された書であるが、それらのことは、池田東園自序に述べられているので、次にあげる。（濁点は原文のまま）

一日文の屋とひ来て此書をものせんことを乞ふおのれ此道にはいまだおさなければといなむれどもきかざれば大橋大人(うし)にこのよしをつげていかにかせんといふそも長広うしは予か父東籬とは同し学びのはらからなればおのれも師のこと尊び大人も又をしえ子の思ひをなしてことさらにいつくしみ給ひしかおほよそ歌の言葉はいにしへよりの歌人のをかしき五七の文字をあつむる事にし有ばさのみ巧み拙によるべきにもあらず是又まなびのひとつなればものしてよけんかつおのれも又力をそへてはし書をもすべくなどねのごろにの給ふを便としこれかれ書とりあつめてやう〳〵艸(シタカキ)をなして見せつるにさそく上つ巻は校じあたへたまひ又下つ巻を見給ふうちに黄泉(よみ)のまろうどゝなりたもふいとも〳〵本意なき事にこそ有けれさて下つ巻は大人のをしえ子何かしのたゞしを得て大人にかはりて男なる長憙ぬしにはし書を書てたべとひたすらにのぞむれど故らありなんなしゝもはてずよつておのれ此ことはりをしるすになん又かうやうの故よし侍れは大人の閲てふ一言をも書加へ侍るを諸

人なうたかひ給ひそ

東籬亭男 池田東園しるす

右によって、大橋長広・長憙父子、池田東籬亭・東園父子のそれぞれ二代にわたっての交流がわかるが、それらの背景にあることは次のようなことといえよう。

京都では、和歌・国学も諸芸の一つとされており、あらゆる学芸、学問は父から子へと引き継がれていくべきもので、学力の軽重や学風の維持も、それらにこそ責務を負うだけのものがあるとされてきた。よって、家学と化していく京都鈴屋門の歌人・国学者たちの粒は小さくなる一方であったし、世代交代の間に位置する大橋長広は、先輩格の人々を見送った後、若い世代のなかに祭り上げられる、もしくは君臨する、こととなったといえよう。

ここに、鈴屋門の京都における、古典研究・注釈に手を染める者が姿を消し、和歌という文雅さえもいたずらなものにおとしめゆく要素があったといえよう。

加えてあげると、長沢伴雄は『和歌言葉の栞』の序文では、長沢伴雄の名を用いず、「絡石軒のあるし」の名を用いているが、既に「絡石軒」が、伴雄の号であることを知らぬ者は無い頃である。

六、鐸舎

京都における鐸舎は、本居宣長上京の折の聖地ともいうべき場所であり、城戸千楯を中心とする鈴屋門の学問の運営場所であったことは知られているが、果して大橋長広の活躍期はいかなる有様であったのか注目してみたい。

大橋長広の名前が鐸舎関係で拾えるのは『紙魚室雑記』（『日本随筆大成』）で、

○北野奉納百首歌序（大江広海）

　文化十一年二月首の日奉納百首歌

のメンバーが、季鷹（賀茂）・直慶（松田）・法印真精・奥田吉従・河本公輔・みと・大橋長広・林秋吉・大橋直継・城戸千楯の面々で、長広の和歌は

　　水郷柳

　川水にみとりをそへて釣殿の
　軒はにたるゝ青柳のいと

とある。さらに、

○北野社奉納長歌

　文化十三年十二月三日　於松円坊会従後午時至酉時

このメンバーは、本居建正・本居清島・長谷川菅雄（ママ）・近藤重弘・大橋長広・前田直道・波伯部秀子・菅原清根・藤原千弘・城戸千楯・城戸千守・萱野光告の面々のなかに参座している。さらに、『奴弖乃舎長歌集文化丙子巻』（文化十四年十二月刊）は、鐸舎の華やかな歌会運営ぶりを、世に誇示すべく上梓されたもので、長谷川菅緒序文にも「月毎のもちの日に奴弖のやにつとひてたなつものこもやらゝにうちあ

けあそひてよみ出つるその長歌ともをこたひむらさきの藤垣内の翁に見せてよしとのたまへるかきり撰出てかくひとまきとなしつる」として、隆盛な様と鈴屋門正統を押し出している。同長歌集にも、長広の長歌は、十三首（三丁裏・七丁裏・十二丁表・十四丁裏・十八丁表・二十一丁表・二十六丁表・二十六丁裏・二十八丁裏・三十丁裏・三十一丁裏・三十五丁表・三十六丁裏）所載で着実に年々、鐸舎での存在を明らかにしている。これが、天保年間になると、城戸千楯は弘化二年九月二十一日没なので千楯晩年期ともいえる、長広の鐸舎での位置は断然首座に接近している。天保八年から天保九年に上梓された『諸社奉納歌集』が、そのことを明白に語ってくれており、次にその三冊の各々の詠人内分けをあげていくと如実である。

○『諸社奉納歌集下鴨社之部』（天保七年跋刊）
鐸舎社中之内詠人
城戸範次（大江千楯）・大橋九右衛門（平長広）・嶋田（ママ）八郎左衛門（源周忠）・福井藤左衛門（橘芳秀）・桜川武次（篤長）・福井右兵衛少尉（源正茂）・畑中良助……（後略）

奉納松尾社歌
題
野菫菜
夏月涼
暁更虫
社頭霜
名立戀
山家灯
寄酒祝
右各七首
鐸舎社中之内詠人
城戸範次　大江千楯
大橋九右エ門　平長廣
嶋田八郎左エ門　源周忠
福井藤左エ門　橘芳秀
桜川武次　篤長
福井右兵衛少尉　源正茂
源宣甫
源季英

『諸社奉納歌集　松尾社之部』
巻頭（架蔵）

『嚶々筆話』大橋長広筆頭部分（架蔵）

○『諸社奉納歌集上賀茂社之部』（天保八年跋刊）
鐸舎社中之内詠人
城戸範次（大江千楯）・大橋九右衛門（平長広）・島田八郎左ヱ門（源周忠）・福井藤左ヱ門（橘芳秀）・桜川武次（篤長）・畑中良輔（藤原重稔）……（後略）

○『諸社奉納歌集松尾社之部』（天保九年跋刊）
城戸範次（大江千楯）・大橋九右ヱ門（平長広）・嶋（ママ）田八郎左ヱ門（源周忠）・福井藤左ヱ門（橘芳秀）・桜川武次（篤長）・福井右兵衛少尉（源正茂）・大谷文次郎（源宣甫）……（後略）

右のように、城戸千楯の次に位置し、他のメンバーにも既にめぼしい人物が見当らない。

天保期になると、京大坂では、当代一流の歌人・国学者とみなされていたことがよくわかるのは、国学者の寄合随筆『嚶々筆語（ママ）』・『嚶々筆話（ママ）』（天保十三年刊）である。

同書は従来より、その書名の「語」「話」が、初編・二編でありながら異なり、刊年も両冊ともに天保十三年板しか見出されていないようで問題のあるものであるが、『嚶々筆語』が、先に成立し「隆正翁（大国）、東平先生（岡部）・直養大人（西田）・義門大徳随筆」といった人々の筆により、続編にあたる『嚶々筆話』は「平田篤胤・長沢伴雄・加納諸平・城戸千楯・本居内遠・森田春郷・岡部東平・小泉保敬・西田直養・野之口隆正・妙玄寺義門・大橋長広・伴信友」の十三名によってものされている。大橋長広は、古典研究注釈書・歌集・和歌研究の類の本は（勿論、他の俗書も含めて）、ついに一冊も上梓すること無くおわった人物であるから、『嚶々筆話』に載る随筆一編は、長広の得意とする分野を窺うに足るものといえよう。

七、むすび

天保期における京都の鈴屋門の人物払底ぶりはかなりのものであったらしく、鐸舎での古典の講義は、村田春門（はるかど）や藤井高尚（たかなお）が上京の折には催されるといった程度で、村田春門の日記からも、長広が徐々に地位をあげていく様がよみとれ（『渡辺刀水集　三』昭和六十二年十一月十五日刊、青裳堂書店）

○文政九年四月二十三日

　一、大橋長広初来

○文政九年十一月二十九日

一、千楯、長広来、引釋舎引請の儀、為道強て相頼旨申聞

○文政十年正月廿六日

一、長広来五十疋（この時春門は在京であった）

○文政十一年九月廿九日

一、今日故鈴屋翁忌祭、千楯方へ並蔭先へ遣置、薄暮より出席、オオホリ正輔、河本公輔、野口比礼雄、大橋長広、其外十四五人計出席、五ツ半時退散

○文政十一年十一月五日

一、大橋長広、義天、三田、山田以文、右入来

そして、天保五年、東下向中の日記には、

○天保五年十月廿九日

京都渋谷悰逸書来、無為、広海死、重賢死、直兄禁錮せられ、景樹、季鷹たゞ両人のみ、尤季鷹八十三とはいへど、実は八十七八のよし、歌人寥々たり、春門帰坂渴望の由申越

として、鈴屋門のみならず、京都での和歌・国学の人無く、沈滞ぶりを嘆じているが、一方で藤井高尚は、その書簡で（「天保九年八月　西大寺観音院宛」工藤進思郎『藤井高尚書簡集』所収、昭和五十九年二月）

拙子門人、国々ニ数多、並々ならぬも数十人御座候へ共、其中ニ秀候ハ数少、尾張名護屋ニ清水太左衛門宣照（ママ）紫式部日記釈、著候もの、若狭小浜ニ妙玄寺義門山口のしをり作者、京ニ大橋九右衛門長広、備中ニ中村

図表(1)

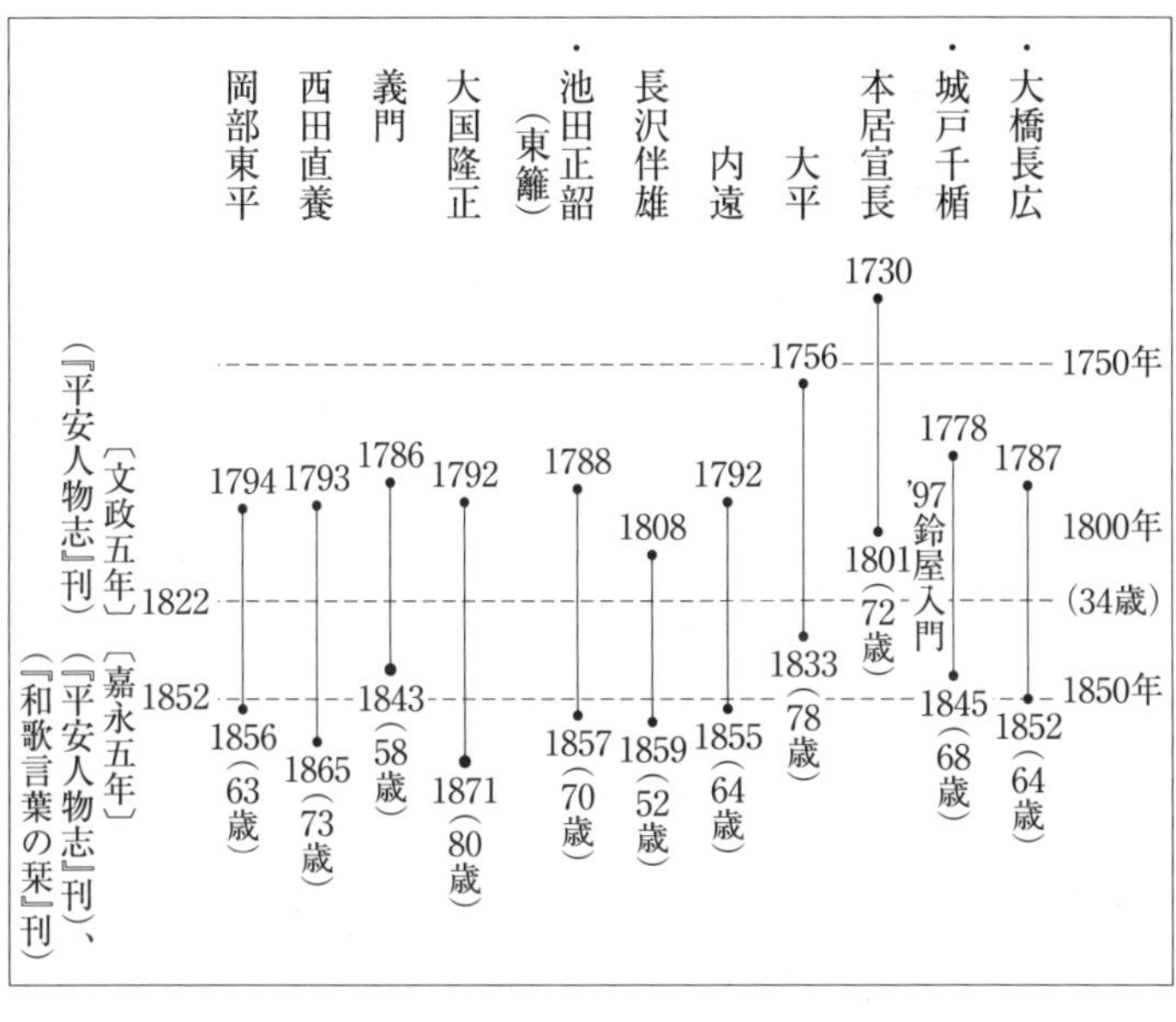

孫三郎寛、備前ニ業合氏と申様ニ、皆一家
をなし、師家ヲ立候人々ニ而

として、長広は、鈴屋門の大物に師事することで、京都では確実に勢力を広げていることがわかる。

ここで本稿に登場する主な歌人・国学者をあげて、生没の図表(1)を作製して、それに『平安人物志』の文政五年板(2)と嘉永五年板(3)が、本稿を論じる時代にあたるので、あててみると、一目瞭然たるものがある。大橋長広が本居家の養子内遠とほぼ同世代であること、池田東籬亭（正韶）とは一歳違いのほぼ同年齢であったこと、また『平安人物志』文政五年板「和学の部」では、富士谷成元（北辺門）、大江広海（江戸派、村田春海門）、長谷川菅緒・城戸千楯（以上鈴屋門）、三宅公輔（季鷹門）、村上潔夫（鈴屋門）、榎並隆璉（北辺門）、服部中庸・大橋長

和學 列次不分次第

平安人物志 和學 十

富士谷成元 再出

大江廣海 再出

長谷川菅緒 号橘舎 新町御池北 長谷川三折

城戸千楯 号鐙舎 錦小路新町東 城戸市右衛門

三宅公輔 再出

村上潔夫 号和文舎 僑居 烏丸佛光寺南 大黒屋陸中 村上三介

榎並隆璉 中立賣室町西 榎並政之丞

服部中庸 号水月庵 錦小路室町西 箕田水月

大橋長廣 烏丸四条北 大橋九右衛門

近藤茂廣 号米花又酒母館 油小路三条南 近藤吉左衛門

六人部是香 号美濃又号鵠舎 西岡向日社 六人部縫殿

文政五年壬午孟秋成刻

京都書林 三条通柳馬場東入ル 尚書堂蔵

(2)『平安人物志』文政五年(1822)板「和学の部」

和学 非撰以浅深次第

六人部是香 号葵舎 三本木偶居 六人部美濃守

大橋長廣 再出

野々口隆正 号 高倉二条南 野々口正作

平安人物志 和学 十六

大中臣富嗣 号藍山 平野 中西陸奥守

谷森種松 号葦壷 室町 谷森二郎

長澤伴雄 再出

小泉康敬 再出

源美阪 号 東中筋松原南 浅川七二三

大蔵愛種 号真璣舎 木屋町松原北 中園右近

嘉永五年壬子正月改刻

皇都書林 三条通柳馬場東角 㙜屋仁兵衛

大阪弘所 心斎橋通安土町南へ入 書林 河内屋和助

(3)『平安人物志』嘉永五年(1852)板「和学の部」

広・近藤茂広（以上鈴屋門）、六人部是香（むとべよしか）（平田学派）といった並びであるが、三十年の年月は、すっかり京都の学派と学風の主流を一変させて、嘉永五年板「和学の部」では筆頭に六人部是香（平田学派）、次席に大橋長広となっている。これは、「和歌の部」でも顕著で、文政五年板では長広不載、嘉永五年板「和歌の部」では、筆頭に松田直兄（季鷹門）、次席に大橋長広という上席をしめるに至った。文政五年は長広三十三歳、嘉永五年は実は正に長広没年で、嘉永五年三月五日に没している。

　では、著述に業績を残さず、古典注釈・研究にもたいした足跡を残すに至らなかった長広がなぜ上位の席を占めることとなり、「一家をなし」とまでされたのかであるが、それはやはり巧みに人間関係を操り、歌会運営の卓抜さがあったからで、冒頭にあげ、『鈴屋翁真蹟縮図附録』についての章であげた堂上歌人千種有功との密接な関係、また別稿をもって論じたいが、京都奉行所与力同心の多くが大橋長広の門人で、これは在京歌人のなかで財力と権勢からいっても大きなことであった。世慣れた与力同心たちの取り持ちをしながら歌会を盛会へと盛りあげていく長広の姿こそ、京の人々には、京にふさわしく、天保の時代にふさわしい歌宗匠の姿であった。

　しかし、大橋長広の如き凡庸な歌人が鈴屋門の中心として京にあったことに鈴屋門の不運はあったかも知れないが、既に時代は、和歌においては桂園派（けいえんは）が京都の中心であり、他に地下では以然として北辺が四具と和歌を両輪として活動を続け、新しい学派としての平田学派の動きが目立ちはじめる頃となっていたのである。すなわち凡庸な宗匠歌人の二代目が和歌を家学にしてしまうなかで、優秀な人材は、他の学派や学問へと流出していくのであった。

本稿の末尾をしめくくって長広の長を述べると、長広の人気はなんといっても、その和歌の流麗温和さにあり、その筆致の麗しさも相俟って、いかに当時の都の風流人士の心にかなったかは容易に想像できる。歌集の存在も確認できず、無論、歌集刊行もならなかった長広の歌集を編ずべく短冊なども集めており、現在三百四十枚程が手許にあるが、同じ和歌のものが多く重複しており、出来からも、長広の表歌かと思われるものがある。その和歌こそ、あるいは、『鈴屋大人五十回霊祭歌』（嘉永三年刊）を上梓した際の祝歌であったかもしれない。次にその一首をあげる。

寄道祝

言葉のはやしの中にさかえゆく
神の御国の道はありけり　長広

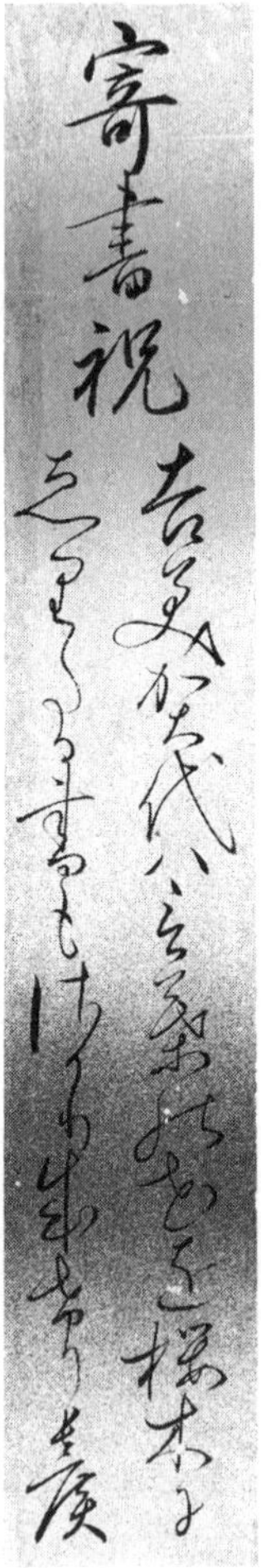

大橋長広短冊（架蔵）

寄書祝

きみか代は言葉の花を桜木に
ゑりたる書(ふみ)もさかりなりけり　　長広

(2) 京の鐸舎の書状刷り物

ここで紹介するのは、京の鈴屋門系の社中である鐸舎で刷りたてられた書状一通である。城戸千楯を筆頭に、大橋長広は第三座、鐸舎の舎社の中心人物十五名が呼びかけ、発起人となって、社中の人々の秀歌を集め編じて歌集を上梓せん、という、題して『鐸舎類題歌集』。そういった内容であるが、編集は伝統的な「四季恋雑」という件の他に、上梓費用は不要とわざわざいうからには、先に上梓された『奴弖乃舎長歌集文化丙子巻』（文化十四年十二月刊）や『諸社奉納歌集下鴨社之部』（天保七年跋刊）『諸社奉納歌集上賀茂社之部』（天保八年跋刊）『諸社奉納歌集松尾社之部』（天保九年跋刊）など城戸千楯らが熱心に取り組んでいた京の鐸舎の歌集上木の実際はどうであったのだろうか。『鐸舎類題歌集』は未刊の歌集か、稿本でも残るのか、改題本が上梓されているのか未詳。

『鐸舎類題歌集』という書名の歌集は、未刊かもしれないが、刷り物まで出した天保十二年の京の鐸舎の状況は窺える資料である。その点で、先章「大橋長広について—京における鈴屋門」で述べたことである次の点は、さらに確信のいくこととなった。

鈴屋門の末流で京都おける鐸舎の人々は、古典研究・注釈に専心する者が次第に数を減じていき、和歌というものさえ文雅の一斑とみなして、さらにいたずらなものにおとしめていく要素を強くしていくのだった。よって城戸千楯が最も、自ら活動として熱心であったのは舎中の人々に働かけての歌集上梓であった。

次に、その刷り物を全文翻刻してあげておく、改行は原文のままである。末尾の「島田房高主」は、墨書で、各々の宛名の部分は墨書であったのだろう。また「島田房高」は発起人の「嶋田正房」の一族の者ででもあろうか。

わかむれの人々にまをす
こたひ吾ともからおもひおこしてわか垣内の
限りの人たちの歌をこひ撰て鐸舎類題歌集と
名つけて世にひろくせむとすさるは四季恋雑と
題のかきりを挙け歌のたらさるはあらたに題を
わかちて人々にこひよませて其中よりさらに
撰りおきなひいれてうるはしくそなへてさて板には
彫らせむとするなりかゝれはおのも〳〵さるへき
歌ともをはやくおくりおこせて見せ給ひねかし
また吾むれの集なれは垣の外なる人々の歌はいれす
又よきを撰はむの心なれは人々の歌数のおほき

すくなきは其歌からによるへくまた板に彫たる價も
すへてのつひえもいさゝかも乞ひ侍らねはさるこゝろ
し給ひていかて年ころよみおき給へらむ歌ともあまた
かきおこせ給はむ事をねきまをすになむ有ける

鐸舎執事

天保十二年三月

城戸千楯
七里蕃民
大橋長廣
嶋田周忠
福井芳秀
岡部孝之
稲垣貞盛
清水恭寛
松田重生
筒井政永
桂　有彰

鐸舎執事

天保十二年三月

城戸千楯
七里蕃民
大橋長廣
嶋田周忠
福井芳秀
岡部孝之
稲垣貞盛
清水恭寛
松田重生
筒井政永
桂　有彰
喜村正教
水原宗渠
嶋田正房

29　京の鐸舎の書状刷り物

島田房高主

喜村正教
水原宗梁
嶋田正房
笹山祚胤

鐸舎書状刷り物（架蔵）

(3) 和歌誹諧体の宗匠　伊東颯々

一、はじめに

本稿にあげる、幕末期の近江歌壇の中心人物である伊東颯々（いとうさつさつ）を狂歌人として分類した研究書は多いが、それは伊東颯々の学統・歌論・歌風のいずれをみても大いなる誤りであり、純然たる歌人であり、京都の鈴屋門の流れを引く、近江歌壇の重鎮である。

伊東颯々の伝をあげる前に、颯々の二十五年祭の追悼集である『まつかぜ（萬都加是）集』（架蔵本）に寄せられた喜村（木村）行納（ゆきのり）の序文をあげよう。

伊東巨規うしは秋栖屋颯々と号て家の業は鍛冶職なり／その作衆人にすくれたる事は人みなしるところなれはいはす／歌は誹諧躰をたてられたれと今世にいふ狂歌とはたかへり／かの古今集の俳諧躰是なりかくて古学の道にあきらけく予か／師城戸千楯主の良友なれは都にのほられし時々師のもとに／とふらはれしかは予もをり〳〵あひてまなひの道をともにかた／りし事ありしをはや二十五年の霊祭のよしを聞に年月は／みつうみにうかへる船のたゝさまにすきてまほにおとろかるゝ／にこそかゝれは其御霊にたむけんとて四季雑五種の／題を撰て好みたまへりし道をおひ御たまをなくさめ／また終りに此うしの歌ともくさ〳〵三千とせになるてふ／もゝのなかははかりを桜木にゑり

て詞の花のあり／うせす世につたへ人々のめておもへらむことをはかられ／しはをしへこのかきりなきまこゝろなりけり予もその／むかしをわすれぬ心ひとつをたねとしてことの／はしめに筆とりてゆゑよしをしるし侍になん

明治十六年四月一日　　喜村行納

これによって、独自の歌風、誹諧体をたてた颯々の学派、交流などが明らかになるわけであるが、滋賀県教育会編『近江人物志』（大正六年十一月十日刊、復刻版昭和六十一年十月十日刊、臨川書店）には、その伝記を簡明にまとめたものがあるのであげる。

伊東巨規

巨規は歌人なり。通称は源兵衛、秋栖舎と称し、号を颯々と云へり、家世々鍛冶を業

『まつかぜ集』本文一丁（架蔵）

とし七軒町に住す。天明二年十月生まる。幼より読書を好み、家業の余暇研鑽怠らず、園城寺の僧に就きて仏学を習ひ、後江戸真顔及び京都の某に就きて歌道を研究し古今集にあるが如き誹諧体の一派を立てゝ大いに斯道の発展を計れり。併も之れに耽らんことを慮り左の歌を工場の傍に掲げて銘とす。

家の業怠りなせそみやびをのふみを読むとも歌をよむとも

されば、万葉集二十巻の注釈を物せるも皆家職の余暇に成れるものにして、其の篤学実に敬すべし。当時門を叩きて数を乞ふもの多く、其の名甚だ高かりき。薩摩主亦其の家臣に命じ帰路颯々に就きて山の題の歌を所望せしむ。家臣命の儘に其の家に至る。扈従威儀を正しうして其の家に至り来意を告ぐ。家人驚いて颯々に告ぐ。時に颯々工場に在り、工衣の儘其の由を聞く。使者金地の短冊を出して染筆を請ふ。則ち其の傍に在りし筆硯を執り、直ちに記し畢りて之れを与ふ、家臣大いに悦び其の謝金を問ふ、颯々大いに怒り忽ち其の短冊を断ちたりと云ふ。就業の間に人の訪ふものあれば、工場にて工衣の儘面接するを常とせり。鉄槌の響鏘々たる間に常に吟詠をたゝず誠に非凡の人なりと云ふべし。鍛工亦巧妙にして、其の作品賞すべきもの多し。安政五年二月十六日歿す、年七十七。

山　　　巨規

あけぬまの朝日に照りて暮れぬまのもちの月みる山は不二の嶺

松
またしても千世のためしにひかるゝはひさしき物と松や思はん
郭公
ほとゝぎすあやめの枕そばだててみるに影なくまどに月あり
辞世
くるしみの海なし死出の山もなし道ふみまよふ心なければ（松風集）

（大津市志）

右は、伊東颯々の逸話も伝えて、興味深いものがあるが、不審ともいえるのは、学統の面で「京都の某に就きて歌道を研究」とあって、その師の人物を詳らかにしないことである。その点、国学院大学日本文化研究所編『和学者総覧』（平成二年三月二十日刊、汲古書院）にも、学統の欄は空白のままである。

しかし、先にあげた、喜村（木村とも書く）行納の序文中に「予（喜村行納のこと）か師城戸千楯主の良友」とあることや、同じく『まつかぜ集』に跋文を寄せた（後に掲げる）服部春樹の師が、香川景樹・村居真師（平田篤胤門人）に学んだとされているので、幕末期頃の地方歌壇の典型ともいえる趨勢をよくあらわしており、鈴屋門、桂園、篤胤門の両様両派に学ぶ人々が、互いに交流していることがわかり、颯々の学統の師は明らかにされないものの、鈴屋門か桂園派の人かと思われるのだが、狂歌において鹿津部真顔に学んだということであるが、それらの諸々の人々に学んだうえで、狂歌人として五・七・

五・七・七の三十一文字を詠むことをよしとせず、あくまでも、颯々自らの詠むのは和歌であるとし、江戸の誹諧歌とも同じうせず、和歌の誹諧体として一派独立の詠風を古今集に学び立てた、ということが、その和歌の師（学統）を詳らかにせぬという最も大きな理由であったのではないだろうか。

この師の無きことこそ、颯々の颯々たるものがあるのであろう。本稿の次章には、『まつかぜ集』に載るところの、颯々の遺詠・遺稿（短歌・長歌・雅文・端歌・片歌）の七十三作があるので、それを翻刻してあげることとする。

二、『まつかぜ集』

先に述べた如く、『まつかぜ集』は、伊東颯々の二十五年祭の追悼集であるが、彩色の見開き一丁の富士に小松の画（雲濤筆）をいれ、颯々の門人たちが、五題を定めて、各々颯々ゆかりの人々に追悼の歌集にせんために、和歌を請い集めて上木したものであるが、そのいきさつは、服部春樹の跋文によって明らかであるから、次にその跋文をあげる。

松風の音たかく聞えし颯々翁は家のわさかぬちのみちにも秀てよのかきりあさよひ怠りなく勤められけるいとまのひまにはみやひこと好みて折々のことのはつみてこゝろをなむ遺られけるとそことし翁の追

福のをりにあたれりとて今のあるし秋近ぬし蕉社中の人々と謀りてたむけ草にと五題のうたを四方の風士達に乞ひさくら木にゑりて其人々に頒ち給はんにつけて翁の読みおかれしこゝらくさ〳〵のなかよりいさゝかつみ出て併せて一巻の冊子にものし給へるよしを岩間のみつのつふ〳〵たかきにかくなむ明治十五年九月倭文屋のあるしはとりの春樹

『まつかぜ集』には刊記がないが、序文は明治十六年四月一日とあるので、明治十六年四月一日序刊となるか。裏表紙見返しに朱刷で小さく「印判板木并税紙暦仕入所／大津枡屋町西湖堂鳥居」とある。次に書誌をあげる。

〈書誌〉

○書名　「まつかぜ集」（内題「松風集」、題簽「萬都加是集　全」）
○体裁　袋綴、縦二十三・一㎝×横十五・六㎝
○丁数　全二十三丁
○付　　袋付「秋廼屋颯々追福　松風集　社中蔵梓（秋廼屋社）（朱印）」

同書の内、本稿にも紙数の限りがあるので、颯々遺稿の部分のみを、次に翻刻して、そのなかから幾首かを拾って颯々の歌風である和歌の誹諧体がいかなるものであったのかを、さぐることとしたい。

〈翻刻凡例〉

・原本の板本では、題・詞書と短歌は一首一行書きになっているので、その形に倣うように努めた。

・漢字の異体字・旧字体は現行字体に改めた。

・仮名遣い、送り仮名は原文のままとした。

・各々に番号を施すこととした。

〈翻刻〉（『まつかぜ集』十六丁裏〜二十二丁裏にあたる）

松風集誹諧謌

秋栖屋颯々

1立春　谷くゝのすむ谷出て鴬のさわたるきはみ春立にけり

2　わか水をくむ井のうちにすむ蛙鴬またて春やしるらん

3早春　若菜つむ子等かふくしにせゝられて春におとろく荻の焼はら

4湖辺子日　子日して千代にあふみのしら髪はなむきても小松ひくらん

5梅　うくひすにおのれさせほを枝手折る人になかしそ梅の花かさ

6　立よれはおつる雫のうつり香に手をらぬ梅のぬれ衣やきん

7梅風　写しゑに見おとされしと咲うめの花もまひする袖の下風

8柳　雪をれをのかれて春になひけるはよわき柳のちから也けり
9　長閑なるひなたに眠るねこ柳このめも春の時やしるらん
10花　さしもくさもゆる伊吹の山風にちりくなみをそしかの花園
11　手をあてんやうにおもへはくさめさへ風かといとふ花のひる時
12蛙　行くれて木の下かけになく蛙いくさの中にうたやよむらん
13菫　誰か野にかもしゝ酒のつほすみれ打かたむけて一夜寝なまし
14早蕨　さま〳〵に手をまけかへてさわらひの萌るかなにかけ画をそする
15山吹　背戸かとに咲ひろこりて我庵を口なしにせし山吹の花
16杜若　いたつらにかけなうつしそかほる花池の心のうこきもやせん
17郭公　いなといひし去年の五月のしひかたりこの頃こふる郭公かな
18　ほとゝきす枕の山の一声をなと寝たかひて聞はしつけん
19螢　あたし闇の露ともきえすいける身を薪となして行螢かな
20蓮　蓮の露涼しき池のこゝろもて何かは汗のたまとあさむく
21蚊遣火　さくかへし蚊火のけふりにむせかへり我さへ宿をやらはれにけり
22初秋　荻すゝきうなつきあひて初風に手つゝ女やおとろかすらん
23草花　ふちはかまぬきたるぬしをしらまくは女郎花にやうらとひてまし

24薄　草籠にかくれなからもまねくかな残るすゝきも里に出よとや
25女郎花　夕月のさはりもなきをつみふかき女郎花てふ名はおほせけん
26虫　山吹の花折くれし垣ねよりあきをことわるみのむしの声
27　世間に耳とこそ聞はうき秋の壁にくちあるきり〳〵す哉
28月　大ゐ川月に棹さすいかたしも聞はかつらのをとこなりけり
29里踊　手つくりのをとりゆかたに老人もむかしをさらす玉川のさと
30相撲　立あひをいさなふ月のはなすまひきのふのもちの取手ならまし
31擣衣　おと聞は落るなみたの玉たすきかけかまひなきよそのきふたも
32霞　破かやの小穴つくろふこてのうへにあられたはしる軒のしの原
33雪中旅　秋かせの窓にさらしし顔も今めにたつ旅の雪の白川
34千鳥　釜の名に聞し芦やのうらちとり茶の友よひて夜たし鳴らん
35冬の歌の中に　漬もの、時は来にけりあかたよりひきては遣ふ帇大こん
36埋火　小夜中にかきおこされて埋火に残さす炭もつふやきにけり
37神楽　霜の夜をいたくふかしてはやうたのあかゝりふむるしかのをとめ子
38恋　あふことにかへんといひし我命のはさんとてや人のつれなき
39初恋　見そめつるその俤かめの前にたゝふら〳〵のやまひとそなる

40祈恋　いのらしよ行あふこともかたそきの契さへかくちかふへしとは

41切恋　恋死ん今のまつこの水かゝみかけに成りても逢見てしかな

42歳暮恋　春たゝはあたし心の花さかんとしの今はにあふよしもかな

43山　山といふ山をふもとの塵とみておのれ山なす山そふしの嶺

44　童さへかたちはかくを画工みの筆とりかぬる山はふしのね

45宇治川にて　岩ありて水のさかまく所をは今は茶にくむうちの里人

46山家井　いとほとに落る清水の結ひあけて命をつなく山の下庵

47松経年　幾世ふる松そとゝへはしる人のなきこそふるきためし也けり

48鐘　ますかゝみかねの供養に鋳こまれてわか魂を音に聞かな

49酒　泉川いつみきといふ名をつけて甕の原にやかもし初けん

50鯉　河竹のなかれにあらぬよと鯉も身をつくりてそ愛られにけり

51艸双紙　つくりえし言葉の露に世の人の袂をぬらす草双紙かな

52夢　にきり飯のいも安からぬあた夢を結ひかためて獏にはませむ

53懐旧　丈夫といひし昔の強弓を弱こしにはる老そくやしき

54提灯と釣かねさるの荷ふたる大津ゑの賛

　暁のわかれとしのふ恋路にはいらさるものとすてに行らん

55箒に手拭もて頬かふりさせたる
案山子とも見ゆるは、きは秋の田のいねとや人をおとろかすらん
56涅槃像のかた　侍木にか丶るうき世のならひとは釈迦も御存しあらぬけふかな
57南無阿弥陀仏折句　何事もむかしに有るそ浅ましき見しも聞しもた丶夢のこと
58釈教　ふみまよふ心の闇に入りてこそ其暁の空もまたるれ
59無常　かけは飛ふ声のうき世に身をよせてほこり顔にもすこすはかなさ
60橘廣田鶴麻呂長崎より天艸にわたりて其かへるさ
明石の沖に溺死せられけるをいたみて
ともしひの明石に名をもか丶けしはいたましなから死ひかりなり
61三月二日夜孫の死したるをいたみて
かねてよりよわき生れといたはりしかひこそなけれ玉の緒柳
62
手遊ひをみるもはかなしはかた獨楽我をまわしし事しおもへは
63辞世　くるしみの海なし死出の山もなし道ふみまよふ心なけれは
64蛭子神　神々の留主事せよ氏子らにさかな商ふかみそこの神
65七十になりけるとし
友人のちから車に七くるま七十年まてはのりつけにけり

66
猿の心に代りてよめる長歌
をちこちのたつきもしらに蘿つもる山のほこらを小くるまのうしはきをれとなくるさのとほつみおやははしきやしはしき猿とふ弓殿の名を四方八方に呼子鳥さる事ありて釼太刀つかへをやめし其猿の孫かひまこかひゝ孫に我はあたれり梓弓末のなから谷川の流をくみて久かたの月を居なから手に握る聞えもあれとそれをしもしらさる顔に足ひきの山の木の実や草のめを摘にしつれは朝もよし気楽にすむを我声につたへしてさくへ唐人はらも苅萱の乱れし世には現身のみをもぬけ出てはる山のわらひくひつゝ玉きはる命のかきりしまつとりうゐをとのきし人もありあるは切にし名を遂て身をいたりそき猿の尻あかき心をなゆ竹の世にあらはして秋山のみのなるはてはさにつら我真似しつゝ入月の山かくりせりさるわけをしらさるからに落猿は人まねすとてふもとなる里の餅屋の飼さるともち上くれて店先に売出し銭のつなき上けみすちたらぬとおのか毛のけもないことにうたかたのうたかひうけて玉くしろ手か長いとて餅店のぬれ衣を着てもとかしはもとのまほらに追鳥のおひかへされて親さるのあからひ顔にひちりこの涙めりけらし流れ矢のそれをおもへは猿智恵をたのしみしことか浅猿と尻わらひして今にやまさる

67
関泉園の店の額にかける大津画の伝
めさや〳〵大津に名たゝる浮世絵の其いにしへはさま〳〵の御仏をものして旅つとにせしを中昔より吃の又平とかいへるもの仏絵のいとまにあやしき此画をかきはしめし其くさ〳〵には鬼の念仏し

たる座頭の酔しれし神鳴の太鼓落したる女の藤の花持たる瓢にて鯰おさへたる前髪の鷹匠弁慶釣かねをかけたる此外品あり乱あされたる画なれと是を張し家の内には夜盗いらす又幼子はおそはれすしてよく眠るとて召るゝありはた風流を好む人は此画のふりよ何某の家の画法にもあらす定る所の筆法にもよらておのれなりのあやしきかかたまりて名物となれるかをかしとて召すそは召す人々の御心にしまかせなむめせや〳〵

戸さしなき世に逢坂のおほつ絵をめす人斗せきとゝめてん

68 雪達磨といふ端歌の唱歌

みちのくのいはてしのふをなさけともおろかなる身はえそしらふつほの石ふみかき尽すふみもゆるさて心からこゝろにつたふせきのいのををしへの外の法の道うそかまことかしら壁をにらみすまして夜もすから座禪にあかすひとり寝はかねにうらみもあらはこそ鳥の八声も夢となりさとりの窓の夜は明てのとけき春の朝日うけこゝろとけては本末の一物もなき雪たるま

69 をりにふれてよめるかた歌

やよふむな梅をる下にふきのとう

70 きさらきやまた松くさきあらし山

71 おほろ夜にこゝろの似たる生(ママ)海鼠哉

72 木はさみの水切る音や杜若

73　うこきさへすれは涼しき蚊帳かな

近世後期から幕末の歌壇の傾向でもあるが、短歌のみならず、長歌がみえることと、片歌（佐々木弘綱なども、時折ものしている）や端歌などまでがみえるのはおもしろい。課題にも、俗事と雅事が交り、狂歌では無く、自らの歌詠を和歌としたのであるから、雅事の題詠の姿あるべきものを俗事のこととして詠んでいる32の和歌など、稚拙の感は拭えぬかもしれないが、やはり近代性への萌芽をまったく持っていないとはいえないであろうし、36のように従来なかった題詠の「埋火」に対する五感でのもののとらえ方も、颯々独自の歌風が最もよくあらわされたものといえよう。

36埋火　小夜中にかきおこされて埋火に残さす炭もつふやきにけり

32霞　破かやの小穴つくろふこてのうへにあられたはしる軒のしの原

無論、32は源実朝の『金槐和歌集』に載るところの名歌を本歌取りにしたものであって、古雅なイメージが当世に換骨奪胎（かんこつだったい）されているわけである。

また、近江の人だけあって、撰ばれた和歌や雅文に、54・67のような大津画（絵）がものされたものもあるのが、地方歌壇の人らしい。颯々という語は、風の吹く音の漢語的表現であるが、これは秋廼屋（あきのや）と雅号と共に用いられるものらしく、短冊の署名をみると、「颯々」と「巨規（なおのり）」と両様があるが、その使いわけについては差異はあまりみられないようである。和歌を一覧すると、古今集を尊ぶ桂園派風の歌風もみえ、例えば「けり」「なりけり」の桂園調が多く（1・8・21・28・36・47・50・65）、次に「らん」ととめるものが多く、調ぶることに重きを置いているようであるが、その号には狂歌人的な匂いが強く、第三者からは、颯々のいう和歌の「誹諧体」は当時の人々にも理解のしにくいものであったろう。

三、伊東颯々をめぐる人々

『まつかぜ集』の序文を寄せた喜村行納と跋文を寄せた服部春樹について、その略伝をも、ここであげておきたい。喜村行納など能書（のうしょ）の聞えのあった歌人で『平安人物志』にも載るほどの人物であるのに、『和学者総覧』に載っていないのは不思議なことである。

喜村（木村とも）行納、書家として『平安人物志』（嘉永五年板・慶応三年板）に載る。姓は源、字は正教、通称を敬次郎、また半六とも、城戸千楯門下、京都新町蛸薬師南に住し、山形侯水野和泉守の京御用達を勤めた。没年不詳、明治十八年七十一歳の時に自筆自集の『伊呂波字彙』を著しているという（小笹喜三編著『平安人物志　短冊集影』昭和四十八年四月二十日刊、思文閣）。

服部春樹（はるき）、家代々が大津円満院宮家仏地院侯人で父の名は白寛、その第五子にあたる。村居真翤・香川景樹に学び、宮門跡（みやもんせき）の侍講となり、明治維新後、度々、宮内省御歌所より召されたが応ぜず、家塾や和歌社中の初学社（しょがくしゃ）・篠並社（ささなみしゃ）で門人の指導にあたったという。一時は、修道小学校の教師を勤めたという。号を倭文舎（しずのや）、文政七年三月十五日生、明治二十八年八月八日没、七十二歳。板本の『篠並集（ささなみしゅう）』の編で知られている。同集は、幕末・明治期の近江歌壇を窺うのに最適なものである。

あと、颯々ゆかりの人々は『まつかぜ集』に「山花」「水辺夏月」「秋夕」「野外時雨」「湖」の五題で和歌を寄せた人々の名を末尾に列記しておくことにする。姓が記されていないため同名の異人をあげてはならないので、尾崎宍夫(ししお)、井上景明、遠藤千胤(ちたね)・赤松祐以(すけもち)など著名の人もあるが、その所載の順にあげて、歌数をもあげておくこととする。

千胤3・穴夫5・教寿1・俊一2・由信2・後渡瀬2・長雄2・雲寿2
昌雄3・資雄1・隆吉3・包智1・太沖2・嘉時1・養3・景明4
東鮒2・貫堂3・浦住1・鶴所2・宣隆2・後秀1・蓮成1・為幸1
真菅2・良正2・真盛1・安波志3・千春3・徳助2・束穂3・矩弘1
曇曄1・綱信2・洗心1・葉面2・豊久3・正起1・救室1・淑悰1
春嶺4・鈴雄1・萍庵3・真澄2・為名2・文明3・鳳嶺1・守道1
喜久女3・勤2・山広2・愚山1・一雄3・勝吉3・克亮1・可女人1
併女1・延世2・時雄3・千風2・秋近3・義彦2・春樹5・秀子1
重定1・基一1・祐満1・美蔭1・惟重1・辞仙1・祐以1・信方1
良喜1・勝界1・以与子1・茂樹1・三猿1・直1・種夫1・漸月2
秋尚1・今滋2・芳矩1・一治1・恵照1・五道1・千座2・直方1

関人1・長明1・親尹1・多津枝1・明瑞1・義則1・直彦1・豊女2
真州3・真砂1・一秀1・梅年1・含章2・性順1・素茂1・尭顔1
恵照1・謙恭1・陶賢1・湛月1・保満3・千風1・謙吉1・義弘1
定明1・清彦1・章元1・善彦1・畠1・宗慶2・秋尚1・直輔1
欣浄1・章菫1・要範1・鈴雄1・行宗1・宗恢1・良正1・一海1
有徳1・勇夫1・敏貫1・秀好1・戒定1・胤豊1・一二1・夏海1
正明1・正晴1・資成1・桂南1・清月1

右の人々は、歌人として有名・無名雑多であるし、あいさつとしてのものもあって、いかほどのゆかりの人々であったか濃淡はあろう。

勿論、伊東颯々の門人が多くを占めているであろうと思われるが、湖西の住人だけでなく、京・大阪・讃岐・因幡・周防・名古屋・美濃・大津・大和・若狭・湖南・備前とかなり様々な地名が住所としてあがっている。惜しむらくは、姓の記載が無いことで、同名異人が多いので、迂闊に、その各々は断定できないが、吉田虎之助編『鳰(にお)のうみ』(昭和三年十二月一日刊、吉田虎之助発行)や、前述『篠並集』で照らしあわせたならば、いくらかの歌人の姓名は浮かびあがってこよう。

本稿では述べ尽くせなかったが、服部春樹が近江歌壇の中心的存在として揺ぎない立場を持ち得たのは、門人獲得の力量と社中運営の巧みさ、そして和歌の実作だけでなく、歌学・歌論の指導による実力、そして家柄・家格といったことがあったようである。その点に比しても、伊東颯々は、はるか及ばぬものが、それらの各点に存したようで、颯々の歌風・歌論を発展維持させる門人もなく、門人らも春樹の傘下に吸寄せられていったようである。『まつかぜ集』は、正に伊東颯々の追悼歌集であると共に、颯々門下らの最後の力を結集したものであったようである。同時に、歌集上梓は異風ともいえる新しい歌風の発展の可能性が消滅していくなかでの、最後の雅事ともなったのである。

〈付〉図1は『まつかぜ集』の見開きの彩色部分挿絵をいれた。歌集に挿絵がはいるのは、近世後期の絵入り俳書や絵入り狂歌本の影響であるが、歌集では明治期にならねば、その例を

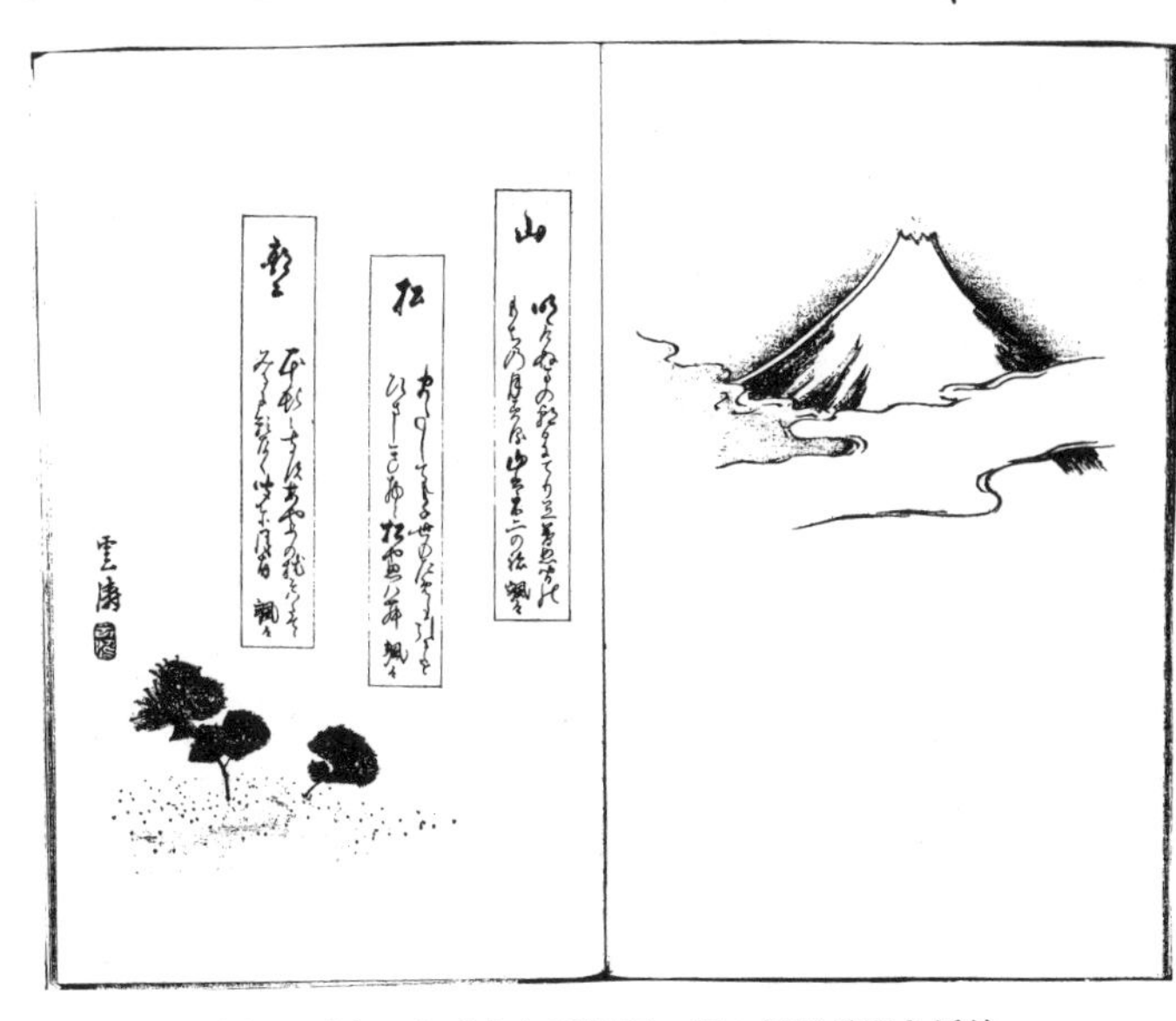

図1　『まつかぜ集』雲涛画・颯々短冊見開き挿絵

多く見ることは出来ない。無論、幕末期にも、少数だが、純粋たる歌集に彩色刷挿絵のはいった本は存する。が、例は少ない。左は、上代様を得意とした喜村（木村）行納短冊と伊東颯々の短冊である。

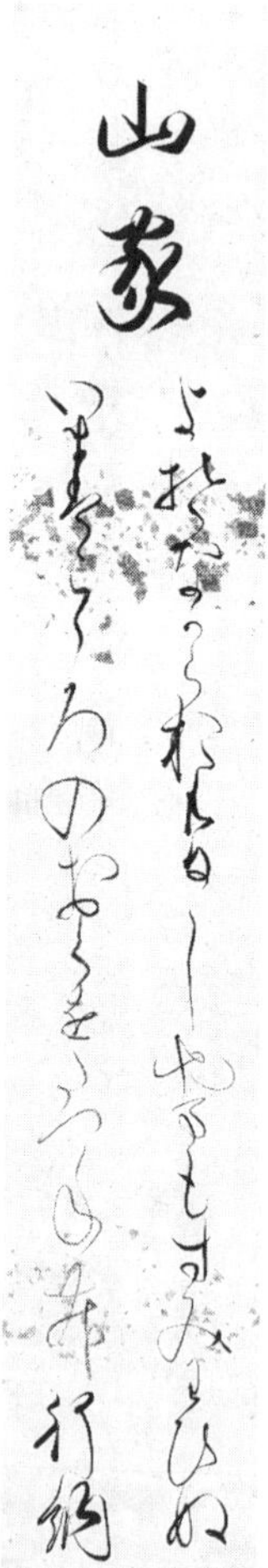

喜村行納（木村とも）短冊（架蔵）

山家　よそなからおもひしやまもすみわひぬいまはこゝろのおくたつねむ　行納

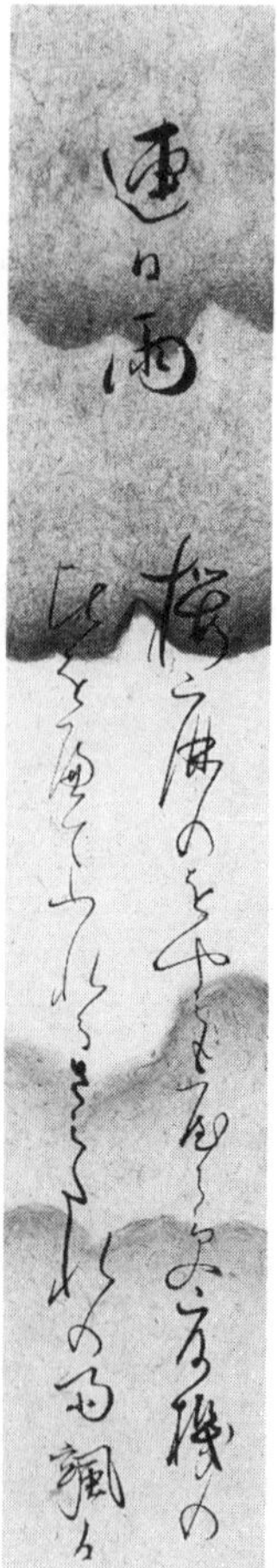

伊東颯々短冊（架蔵）

連日雨　棹鹿のをやみもやらす夏機のひをへてふれるさみたれの雨　颯々

⑷ 追善歌集『月の玉橋』について

一、はじめに

近世後期から幕末・明治期にかけての歌集上梓の流行は、様々な体裁・形態の歌集を残すことになった。

それには、次のようなことがあげられよう。

⑴類題和歌集の流行

『類題鰒玉集』・『類題和歌鴨川集』の二大類題歌集の上梓を契機として、既に成熟しつつあった地方歌人の機運を一気に高めたことが大きいと考えられるが、『私撰集伝本書目』（類題和歌集研究会・和歌史研究会編、昭和五十年十一月二十五日刊、明治書院）の所蔵点数七百六十三点、補三点、合計七百六十六点の内、先にあげた『類題鰒玉集』・『類題鴨川集』の流行の影響下に刊行と考えられる類題歌集（書名に類題の冠せざるものも含める）は、六十八点にも及ぶ。これが、その全部でないのは勿論であり、他に『国書総目録』載・未載の歌集を加えると、さらに点数は増えるであろう。

⑵四都のみならず地方にまでの歌会・社中の充実

京・大坂・江戸・名古屋の四都は早くから、また天領であったり、商業活動の活発な地域、四都の周辺都市は、近世中期から、それこそ無数の歌会や社中の結成運営が行われた。様々な歌会や社中の活動の盛り上がりは、そのまま、歌集上梓への機運の盛り上がりとなった。

(3) 書林の充実と上梓方法の諸形式の確立

幕末期には幾許(いくばく)かの金銭を添えて、公募の刊行類題歌集に和歌を投稿する形式の成立をみており、薄冊な歌集（およそ十二〜三丁から二十丁位までのもの）ならば、私家蔵板で書林に依頼して上梓することが、豪農や高禄の武士にはもはやさほど難しいことではなかった。こうした近世後期からの出板事情は、無数の歌集上梓を容易にしたことは間違いないが、これが韻文であり、わずか三十一音、すなわち一首を一行に浄書、半丁に数首掲載することが可能であることを考えると、雑俳の流行とは無関係でないことが指摘できるかと考えられる。近世後期の最も一般的であった類題和歌集の形式でいうと、半丁に十首、十人の作品が載る、という形式と、上梓費用の捻出法が酷似しているなど、俳書・狂歌集の出板事情との類似を勘案させながらみていくことが、近世後期の歌集の出板事情を明らかにさせることになるのではないであろうか。

本章に取りあげる追善歌集『月の玉橋』は、京大坂をつなぐ要所地であった高槻藩領の僧俗の人々による刊行歌集一冊で、幕末期の典型的な追善歌集として紹介・考証を試み、末尾に、その全文翻刻をあげるものとする。

『月の玉橋』本文一丁表（架蔵）

二、『月の玉橋』書誌

『月の玉橋』は、『国書総目録』未収のもので、序跋本文を併せても、丁数の十三丁の薄冊たる小冊子である。発行書林の名も、刊記も無く、おそらく私家蔵板の配り本であろう。次に、その書誌をあげる。

『月の玉橋』書誌

1、架蔵本　一冊本

2、体裁　縦十九・九cm×横十三・三cm、袋綴

3、題簽　縦十二・九cm×横三・〇cm
　四方子持郭「月乃玉葉新」

4、丁数　序二丁
　本文十丁
　跋文一丁　計十三丁

5、表紙　濃臙脂色無地表紙

6、刊記　無し（安政三年仲秋序文）

『月の玉橋』の書名の由来は、跋文によると「四(ヨ)

方（モ）にひかりをはなちて薫（カヲ）りわたらしてむ」と名付けたとする。また、同歌集所載の当座題はすべて「月」によっており、序文も「仲秋」とあることから、かく名付けられたのであろう。また「玉橋」の語を用いた古歌には、次のものが指摘されようか、後述するが、『月の玉橋』には万葉調の和歌が載せられるなど、注目すべき点が少なくない。

万葉・巻九　七夕の歌一首並に短歌　　（作者不詳）

一七六四　ひさかたの天の河原に上つ瀬に玉橋渡し下つ瀬に船浮けすゑ雨ふりて風吹かずとも風吹きて雨ふらずとも裳ぬらさずやまず来ませと玉橋わたす

反　歌

一七六五　天漢霧立ち渡る今日今日とわが待つ君し舟出すらしも

詞花・秋　　七夕によめる　　修理大夫顕季

八八　天の川たまばし急ぎわたさなむ浅瀬辿るも夜の更けゆくに

『月の玉橋』は、度々あげてきたが、追善歌集で、堀貴光跋文をみるに、その成立上梓の経緯の一斑が知られる。跋文によると、高槻城下の人、堀貴光は、その亡兄である堀重義の追善に寄せられた手向け歌を編み、上梓したとある。本文を開くと、序文に続けて、「秋迺夢」の兼題で十二首（歌人十一名）、当座に十二首（参座者は兼題に同じ）、堀重義の没したのは五月とおぼしく、五月追悼で八首・発句一句、また堀重義の辞世一首、計三十三首と発句一句、といった内容である。

『月の玉はし』所載歌人一覧

	歌人名（所載順）	追福歌会 兼題（秋の夢）	当座	五月追悼		
A	大門孝濂（神護園）	2（首）	1（首）	1	序文	4
B	伊勢寺介光	1	1			2
C	光松寺大空	1	1	1		3
D	宝行寺円摂	1	1	1		3
E	安楽寺祐存	1	1		太田邑	2
F	春松院空如	1	1	1		3
G	浄因寺現成	1	1			2
H	仏眼寺慶真	1	1		熊野代邑	2
I	太田義泰	1	1			2
J	太田義崇	1	1			2
K	堀　貴光	1	2	1	跋文	4
L	堀　重義（辞世1首）					（1）
M	高橋亀章			1	水無瀬ノ里	1
N	里花			1（発句）	河内	（1）
O	威徳院良慶			1	皇都	1
P	高橋武之			1	皇都	1
						総計33首（発句1句）

三、『月の玉橋』所載の歌人

『月の玉橋』所載の歌人たちと、その歌数を表にしてあげると、上表の如くである。また、当座題をあげると、次の如くである。

待月・見月・翫月・思月・憐月・舟中月・窓中月・窓中月・嶺上月・原上月・洛陽月・寄月眺望・寄月述懐

では、A～Pの歌人（俳人）で、多少なりとも、その人の伝の判明したものには、その若干について触れておくことにしたい。

A、大門孝濂（こうりん）

大門孝濂、号を神護園と称する。京都の歌人らしく、交野や守口、門真、高槻などの大都市近郊の地域をまわり、歌会の運営や指導にあたった人のようであるが、『平安人物志』や『国学人物志』にもみえず、逸材の揃った京都では、ついに大成せずに終った歌人のようである。

例えば、『交野町史』（片山長三編・大阪府北河内郡交野町役場・昭和三十八年三月二十日刊）や『交野市史』（交野町略史復刻編・交野市編纂委員会・昭和五十六年十一月三日刊）には、その活動が記されており、『交野市史』四九〇頁より、次に抜抄する。

森の庄屋向井治左衛門は直樹と号し、京都歌人神護園なる人を師として同村内に社中をもうけ……
…（中略）………その同好者は、玉翁・佳貞・吉之・義直・直幹・造指・祐清等であった。

また、架蔵短冊の一葉に孝濟のものがあるが、それは門真や守口に大きな地所を持ち、鎌倉時代以来の武士の家柄を誇った豪農の樋口家旧蔵一括の内より見出されたものであって、次の詞書を添える一首である。

樋口氏を言寿まゐらせて

うこきなき国に栄えて高光る
樋口のやとそ千代のいしすゑ　孝濟

樋口家は、文雅を好み、京大坂に往来する文人墨客をとどめては、雅会を催していたらしく、その一つとして拙稿「樋口家旧蔵　小原千座歌集『安政二年夘三月下旬詠草』〈解題・翻刻〉」（「混沌」第十六号、混沌会編、中尾松泉堂発行、平成四年六月二十六日刊）で、岡山出身の、嘉永元年刊『浪花當時人名録』

にも所載の歌人小原千座と樋口家について触れたことがある。

歌人としての大門孝潾が、万葉調にも心を寄せていたことは興味深い。万葉調の歌人が次々と登場するのは、幕末からであって、万葉調のいにしへぶりは、この時期にこそ、実に新しい詠風であった。また、表記に万葉仮名を用いたりしているのも、当時には目新しくあったであろう。

B、伊勢寺介光

高槻藩領、古曽部の曹洞宗の伊勢寺の住持。伊勢寺は三十六歌仙の伊勢に因む伝承を持つ寺であるが、本稿では触れずにおくこととする。

C、光松寺大空

高槻城下、西山浄土宗の光松寺の住持。

D、宝行寺円摂

不詳。

E、安楽寺祐存

太田邑と地名表記があるが、太田邑は、現在の茨木市に編入。高槻辻子村に浄土真宗本願寺派の松月山安楽寺がある。

F、春松院空如

不詳。

G、浄国寺現成（げんせい）

高槻城下北西部、真宗大谷派の浄国寺の住持。寛永十三年に高槻藩主永井直清によって建てられた寺で、永井家と関わりが深い。

H、仏眼寺慶真

熊野代邑（ママ）と地名の表記があるが、熊野田村（現・豊中市）に曹洞宗の熊耳山仏眼寺があり、これにあたるかと思われる。

I、太田義泰

J、太田義崇

不詳。高槻藩内は寺子屋の普及度が高く、なかでも、太田英造の太田塾は文政年間には、塾生男女二百人を擁した（『高槻市史』）という。太田義泰・義崇は、この太田塾の太田英造の血族かと思われる。

K、堀貴光

L、堀重義

堀重義が兄で、その実弟が堀貴光、『月の玉橋』が、貴光によって亡兄追善によって上梓されたことは、先に述べた。堀貴光については、次章で詳述することとする。

M、高橋亀章

水無瀬（みなせ）の里の住人。水無瀬は現在の島本町で、当時は水無瀬家（六百三十二石）と高槻藩領とからなっていた土地で、隣接の高槻とは関わりが深かった（奥村寛純編著『水無瀬野をゆく―島本町の史跡をたずねて―』昭和六十三年三月十日、郷土島本研究会）。P高橋武之と同姓であるが、高橋亀章については不詳。

N、里花

河内の住人で、この人のみ発句を寄せる。故人といかなる縁があったのか、俳諧の盛んであった河内ということも興味深いが、不詳。

O、威徳院良慶

本文に「皇都」とあるが、不詳。

P、高橋武之

姓は紀、字は翠叟、号を日渉園（にっしょうえん）・量平と称す。蘭法医で京都大宮松原北に住した。父はもと備中新見藩士で、致仕後は彦根に住した、という。『平安人物志』・『西京人物誌』にも、その名が載せられており、『月の玉橋』の内では、最もよく知られた人といえる。人物誌所載の部分を次にあげる。

○医家部（『平安人物志』慶応三年板）

紀　号翠叟　　高橋量平
　　大宮松原北

○文雅部（同右）

高橋翠叟　再出

○和歌部（『西京人物誌』明治十二年三月刊）

下京第九区大宮松原北　　高橋武之

和歌は、桂園派の八田知紀の門人か、と小笹喜三氏『平安人物志短冊集影』（昭和四十八年四月二十日刊・思文閣）はする。『平安人物志短冊集影』に所載の短冊は次のものである。

雨後新樹

むら雨の水枝の露の玉かし葉

玉ちるはかりはるの夕かせ　武之

文化十年生、明治十七年八月六日没、享年七十二歳、墓所は伏見の石峰寺。

四、堀貴光について

堀貴光は、号を和楽堂（うたのや）、高槻藩の人、重義の弟であるが、『類題秋草集』初編には「摂津　高槻」として「堀重俊」の名とその和歌が「堀貴光」と共にあがっているので、みな一族かと思われる。

堀貴光は生没年は不詳であるが、明治中期頃まで存命であったことは確実で、明治期に大坂で活躍した敷田年治（しきたとしはる）と交流があった。敷田年治の入門録である「百園塾　入学姓名録」（『門真町史』大阪府北河内郡門真町・門真町史編纂委員会編輯・門真町役場発行・昭和三十七年三月三十日刊）には、堀貴光の名は見当らないが、年治の歌文等を集めた『百園雑纂（ももぞのざつさん）』（百園塾発行、明治三十二年七月三十日刊）の巻之三「〇文章之部」十五丁裏に、次の序文が所載である。

堀貴光歌集序

さゝかにの、今の世に、歌よむ人は、多かれと、大方は、よみえ顔に、人にほこらひ、名を求めむとすなる、心しらひより、其よみ出たる、歌共を、打きくに、うはへは、うるはしく、聞ゆる物から、打かへし、よく味ひ見るに、手人か物する、傀儡（クグツ）に、よき衣、きせたらん状にて、さなから、作りものになん、あれけるを、我友、堀のをちは、さる人の、たくひにあらて、若草の、若かりしより、此道に分いらし、老たる、若きをとはす、雅ひの友と、相むつひ、相穴なひ、今は津の国に、たくひなき、歌人と、其名高く、聞ゆれと、時めく事をら、大く悪まひ、いにしへの、正しき道を、ふみならし給へるは、青柳の、糸もおむかしき、業になん、かくて、六月の、空はたゝき、雪霜の、風寒る日も、たゆまはす、月々三度の、まとゐをまけ、雅ひをたちを、集へて、其をりをりの趣を、言の葉にのはへ、みつからのをも、朝にけに、文机に打向ひ、咲匂ふ、花のあはれに、思ひをのはへ、紅葉はの、下てる色に、心を染めて、としまねく、よみ出給へる、歌ともは、浜の真砂と、数つもれるを、数多のとち巻に、とちわけて、己にも、其はし書せよと、ありけるを、うれしみ、をちなきをも、かへり見す、おろおろ筆とるものは、敷田の年治なり

敷田年治は、国学者としては、明治期の大坂を代表する存在であるが、和歌についても一家言を持っ

ており、人形のごとき和歌を廃せと述べ、人として人情あるのは当然のことであるから、飾らずに詠むこと、また一日三首の歌を三百六十五日の毎日に読み、良師を得て努力せよ、と、その著書『学の手附』の内で述べている。それとこの序文の冒頭部分は論旨を同じうする。

また、堀貴光が主となって月に三度の歌会を設けて、自らの歌数もかなりたまったうえで歌集を編んだこと、当時知られた存在であったが、世に無用な高名の立つことを嫌ったことなども、年治序文で知られる。しかしながら、未刊であるのか、管見では「堀貴光歌集」の存在を聞かない。また、歌集では無いが、貴光に関わる書籍が一点、東海大学蔵桃園文庫に存していることを付記しておきたい。それは、『桃園文庫目録』（東海大学附属図書館・昭和六十一年三月三十一日刊）上巻・一一八頁にも記載の次の書籍である。

伊勢物語聞書　写本　二巻二冊　桃三　六七
袋綴　紙表紙　二六・九×一九・六糎　十行
外題左肩「堀氏蔵書」「堀氏所蔵」印
上巻第一葉裏に墨書「高槻　和楽堂所載〔印〕」

高槻には、伊勢物語ゆかりの地で、芥川は近世期の名所として知られていた。地域に根生いの国学者による歌枕の地の地理考証が、各地に成果をみていた幕末期の研究の一つとみることができる。

香くはしきその名残りてうめの花ちりしむかしの春そ恋しき　貴光

堀貴光短冊（架蔵）

五、その他

大門孝潾（おおかどこうりん）の序文には、法然（源空）が夢に生身の善導の姿を見たこと（『私聚百因縁集』）をあげて、次に万葉集巻五・八一〇〜八一二の「大伴淡等謹状」「梧桐日本琴一面」にはじまる、琴が娘子に化して夢に現われて、和歌を詠み交わしたことをあげている。次に小野小町の「うたた寝の……」の和歌をもあげて、夢と現を対となし、無常を述べて、兼題の「秋栖夢」につづけようとしている。しかし様々の典籍から「夢」のことを引くのみで、堀重義のことにはほとんど触れられず、必ずしも修辞的にも成功を収めたとは考えられず、やはり大門孝潾の力量の限界を感じざるを得ない。

所載の歌人に、真宗と曹洞宗の僧侶が多く、武士が見られないのは、堀貴光個人との関わりもあろうし、追善歌集である、ということもあろうが、高槻藩の学風とも関わりがあろう。

高槻藩は、慶安二年に永井直清が入封して、文教政策にも熱心で、藩内の能因塚や伊勢姫廟（伊勢寺）の選定顕彰も行っている。近世後期には、藩校の菁莪堂が置かれて、堀川学派の三崎克譲が教鞭を執った。また医学には緒方洪庵門人の杉本退蔵、華岡青洲門人で高槻藩医の三崎羊太郎がおり、京大坂の間にあって、寺子屋も盛んで、学問的レベルの高い所であった。

しかし、文雅の面で、見逃せないのは藤井竹外や高階春帆といった藩の要職にあって、漢詩人であった人々である。藤井竹外は『竹外二十八字詩』で知られる漢詩人で、『安政三十二家絶句』『文久二十六家絶句』にも載せられている。高階春帆は、藩校菁莪堂の後身の文武館を総べ、権大参事にまでなった人であるが、竹外の門人であった。もともと、高槻藩は三万八千石程であったが、家中は少数であった。延享二年に三六五人（侍・足軽をあわせて、足軽はその内の二三五人）、幕末でも四百人程であった。結論から、述べると、竹外・春帆とも漢詩人であって、和歌・国学は、例えば懐徳堂の儒者や堀川学派の伊藤仁斎のように熱心ではなかった、ために、高槻藩内では武士に歌人としてみるべき人材を、ついに得なかったのではないかと考えられる。

〈翻刻凡例〉

・改行は原文のままとした。

・用字は原文のまま、仮名遣い、送り仮名も原文のままとした。変体仮名は現行字体に改めた。

・丁数は「一オ」が、一丁オモテ、「一ウ」が、一丁ウラを示す。

〈翻刻〉

「月乃玉葉新　全」（題簽）

序

善導大師観経の疏（ミフミ）の後序（ハシガキ）にいへらく
毎夜夢中常有一僧而来指授（ヨゴトノイメニツネニヒトリノヒジリアリテキツヽゲンギノ）
玄義科文（ユヱヨシヲサヅク）とあるは黒谷聖人（ミヒジリ）の
傳（ミツタヘ）に腰（コシ）より下は金色（キガネイロ）の僧聖人
の夢（イメ）中に入給へし事ありけりはた　」序一オ
萬葉集には大伴（オホトモ）の卿琴娘子（コトヲトメ）
に哥よみ和（カハ）し古今和歌集
には小野の小町
うたゝ寝に恋しき人を見てし
よりいめてふものはたのみそめ
てきとなむうたひたりける実（ゲ）に　」序一ウ
野婆玉（ヲバタマ）の夢のたゝちこそ小夜（サヨ）きぬた
うつゝにまさらさらめやはされは
和楽堂（ウタノヤ）のあろし亡兄（ナキコノカミ）の追福（オヒサチ）を
とふらひ侍らむとて秋廼夢
てふことを題（ヨビナ）としそれか哥會
をし予（オノレ）にえらひを乞ひてあし　」序二オ
ひきの此一巻（コノヒトマキ）をつゝりいとなみ
けるもことわり山のうへこと
わりのいたりになむ
安政三年の仲秋
大門孝濟しるす　」序二ウ

月玉橋

兼題

秋廼夢

伊勢寺介光

秋の夜のねふりにしはしわすれむと
おもひしこゝろ夢も見しかな　」三丁オ

光松寺大空

つま戸ふくおとつれたえて蜘の糸の
結ふになかきあきのよのいめ

宝行院円摂

秋来ては淋しきよひの手まくらに
みはてぬ夢のなこりこひしな　」三丁ウ
太田邑　安楽寺祐存
なくと見て袖はぬれけり秋ふかき
夢野のをしかうつゝならねと
春松院空如
秋の夜の夢のちからそ山の端に
かたふく月をかへしても見る　」四丁オ
浄因寺現成
ぬはたまの夜毎〳〵のひとり寝の
夢にも秋はもの思ふかな
熊野代邑　仏眼寺慶真
長き夜ははかなき夢のさめぬ間そ
こゝろなくさの君のおもかけ　」四丁ウ
太田義泰
なかき夜の夢の旅路そへたてなく
思ふ人にもあふさかのせき
太田義崇
秋ふけはあはれ夢路もかなしくて
吹くたひぬらす夜半のたもとそ　」五丁オ
堀　貴光
あきのよの長きもいかてうかるへき
むかしの人のいめに見えつゝ
神護園
おなしこゝろを　大門孝潾
秋の夜の夢はうゝつにますかゝみ
みぬわしのねの月もこそ見れ　」五丁ウ
また古体にて
黒玉之夜乎長鴨吾恋流秋（ヌバタマノヨヲナガミカモワガコフルアキ）
芽子夢嗣而霜見（ハギイメニツギテシモミル）　」六丁オ
当座吟
待㆑月　孝潾

足比木の山高けれと月をまつ
こゝろはやたひこえて社曳け
　見レ月　介光
おほかたに身にしむ秋の風さへも
月見る夜半そいとはさりける　」六丁ウ
　翫レ月　義泰
楽浪にゆられて月のすみたかは
いさふねとめてなかめあそはむ
　思レ月　義崇
よるはめてひるはまたれて秋は猶
月にはれせぬこゝろなりけり　」七丁オ
　憐レ月　空如
木の間よりもり来る影のほのかにて
つきにあはれはあり明のやま
　舟中月　円摂
よとみなく漕ゆく淀の苫ふねに
やとりて月も夜をわたるかな　」七丁ウ
　窓中月　現成
物おもふこゝろの闇もいまはとて
まともる月のかけにこそはれ
　嶺上月　大空
まそかゝみ見るにうへなき光りかな
たかねはるけくにほふ月影　」八丁オ
　原上月　慶真
久方のほしのはやしはうつもれて
つきのみ雪とひかるしの原
　洛陽月　祐存
こよひとて月の鏡をみやこへや
うたけの声もすみわたりける　」八丁ウ
　寄月眺望　貴光
さえのほる月のあかしの浦遠く
はれわたりたる眺めえならぬ

寄月述懐　　仝

こと葉にもふてもおよはぬおもひをは
月のかゝみにうつし見てまし」九丁オ

○

辞世　堀　重義

うき雲は常なき風に
ふきはれて
こゝろの月の
すみわたりゆく」九丁ウ

いにし五月の日人この
送り給はりし言（コト）のはの中（ウチ）
いまはしき言（コト）の余（アマ）れると
まなほこゝろのたらはさるとを
はふきよきてのこれらを
こゝにしるし侍る」十丁オ

孝濟

見しかけは雲にかくれて五月雨の
ふるやの軒にぬるゝ袖かき

水無瀬ノ里　高橋亀章

彼国の蓮のうてなにゆく君か
のこすも露の玉のことの葉」十丁ウ

空如

むかしへをおもへはこひし白露の
はかなくきえし人のむつみの

大空

よをすきし人社今はたのしけめ
はすのうてなにすみあそひつゝ」十一丁オ

円摂

明日しらぬあすかの川に行水の
かへらぬ人そこひしかりける

河内　里花

きく度に空のくもらぬほとゝきす

はた予もおもふ心を　　貴光　」十一丁ウ
なけきてもかへらぬ人のなきあとを
ふみまよはぬそ手向なるらむ
　秋の夢てふこゝろとて
　送り給はりけるを
　　皇都　　威徳院良慶　」十二丁オ
あひ見さる人の世をさへおとろかす
秋のいめ野のをきの上風
　　仝　　高橋武之
寝覚ぬる夢をつゝりてきり〳〵す
みぬあとをしも見よとなくらむ　」十二丁ウ
あなうれしの大御代（オサミ）や穴（アナ）たのしひの
哥道（ウタミチ）やこたひの亡兄（ナキコノカミ）の追善（オヒサチ）をなむいと
なみ侍りつるに菅（スガ）のねのねもころなる
君たちの手向（タムケ）給はりし言（コト）葉の花の
いろ〳〵のいとか山いとも糸ほはしかりけるを

秋の夜のくもらぬ月のあか棚（ダナ）にのみ」十三丁オ
たてなへおかむも心にたれりと思はさりせは
春の日のあろしと咲（サキ）えむ桜木（サクラギ）にゑらして
あらたもの月の玉橋（タマハシ）となむ名付（ナヅケ）けるそは
よもきふの四方（ヨモ）にひかりをはなちて薫（カヲ）りわたら
し
てむとこそかくいふは高槻城下にすむ
　　和楽堂　　堀貴光　」十三丁ウ（終）

(5) 国学者　矢盛教愛について
—付・矢盛文庫旧蔵本目録—

一、はじめに

蔵書家の蔵書を丹念に吟味していくと、その蔵書家の好みや学の深浅を感じさせられることが少なくない。

近年、京都から大量に見出されることとなった国学者矢盛教愛（やもりのりちか）の蔵書は、和歌・国学関係がやはり、その蔵書の中心であるが、斎藤徳元（とくげん）著とされる仮名草子『尤之双紙（もっとものそうし）』や『雍州府志（ようしゅうふし）』などの古地誌、蒹葭堂（けんかどう）板『甘氏印正（かんしいんせい）』といった文人趣味のもの、愛書家好み、いわゆる渋いところの書名が並ぶ、しかも、美本好みらしく、「矢盛文庫」朱蔵印の捺された本は頗るの美本が多い。

『混沌』第十四号（平成二年六月二十六日刊）に所載の平野翠・多治比郁夫「天保改革下一好古家の生活(上)—梅川夏北の三浦蘭阪あて書状」は、天保期の京都における考古癖の人々の動行や学芸活動の一斑が窺えて興味深いが、若き日の矢盛教愛が登場する。

此頃、折々閑暇ニハ寺々の墓碑を探りかけ申候、一人同行の若き人出来候而、頻に此事進められ、折々墓所には入申候、此共と申ハ東洞院六角下ル所ニて矢盛矢太郎と申人ニて、随分読書好ニて、

野生すゝめて此頃ハ大分好古にいたし申候、

右に抜抄したものは、天保十三年八月廿七日付、三浦蘭阪（みうららんぱん）あて梅川夏北（うめかわかほく）の書状として、先述の平野翠・多治比郁夫両氏の論考にあげられているもので、「矢盛矢太郎（正しくは弥太郎か）」と注記されている。天保十三年は、矢盛教愛二十五歳にあたる。また、同内容であるが、多治比郁夫氏は「梅川夏北雑考(四)―天保改革下の生活―」（「京古本や往来」第48号、平成二年四月十五日刊、京都古書研究会）にも、矢盛教愛について触れられている。

二、矢盛教愛略伝

矢盛教愛（やもりのりちか）、文化十四年生まれで、天保の改革のなかに青年期をすごし、幕末・明治になっても、数多くの人々が東京に移住したなかで、京都の地を離れず、明治十四年六月七日没した。墓所は、京都東山西大谷、享年六十五歳。森繁夫編・中野荘次補訂『名家伝記資料集成』に、文化十四年生、明治十四年六月七日没とあるのも、山本臨乗編『増訂平安名家墓所一覧』（明治四十三年六月五日刊）の五十六丁裏に

（国）矢盛教愛墓　明治十四年六月七日　六十五　東山西大谷

とあるのに拠るもののようである。

先にあげた梅川夏北の書簡によると、「東洞院六角下ル所」に、矢盛教愛は住したとするが、京都の文人墨客の紳士録ともいうべき『平安人物志』に所載のものを列記すると次の如くで、蔵書が残されて

いた所と同じである。

「文雅」（『平安人物志』慶応三年板・三十六丁表）

平教愛字 号 堺町御池北 矢盛近江大目

「○皇学部」（『西京人物誌』・本文一丁裏

明治十一年五月十六日出版々権御願

同　　六月　四日版権御免許

同十二年四月　刻成

編輯者　乙葉宗兵衛

閲者　上田寛行

出版人　村上勘兵衛）

上京第三十区柳馬場御池北　矢盛教愛

『名家伝記資料集成』に、『平安人物志』慶応三年板をあげていないのは、森銑三・中島理壽編『近世人名録集成』の影印本とは異板の本を用いているためであろうか。『平安人物志』は、みな儒家を先にして列記するが、『西京人物誌』は、御一新による国学の隆盛を示して、「皇学部」を筆頭に、「和歌部」「支那学」と続いている。矢盛教愛も、『平安人物志』慶応三年板では、「和歌」「和学」にも類別されず「文雅」であったが、御一新には「皇学部」の十人の内にあげられ、晴れがましい席を占めることとなっている。

慶応三年は、矢盛教愛五十歳、明治十二年は六十二歳にあたる。梅川夏北に知られた頃から二十五年の星霜を経たことになる。『西京人物誌』の「皇学部」にあげられた十名は次の人々である。

岡本経春・村山松根・近藤芳介・出雲路定美
安江静・梅谷通治・田中尚房・鳥居亮信
矢盛教愛・勢田章甫

経春・松根・芳介は歌人として知られており、芳介は近藤芳樹の養子、田中尚房は北野天満宮宮司（最近、尚房の曽孫にあたる方が確認された、「神さまと私―三代目宮司の曽孫田中尚忠さん」（「天満宮」平成三年二月十五日刊・第二一四号・北野天満宮）など錚々（そうそう）たる人々が並んでいる。

また、架蔵の教愛自筆和歌短冊の裏面には「矢盛式部」と自署しており、それらをまとめると、次の如くにあろう。矢盛教愛、通称は弥太郎（矢太郎）、近江大目（おおみのだいもく）に叙せられ、式部と称す、堺町御池北に住した（若年期は東洞院六角下ルか）。

三、矢盛教愛の和歌と著述

矢盛教愛も和歌を嗜んでいたので、その歌集や詠草は存したであろうが、今もって未見、架蔵短冊の和歌一首は次にあげる。

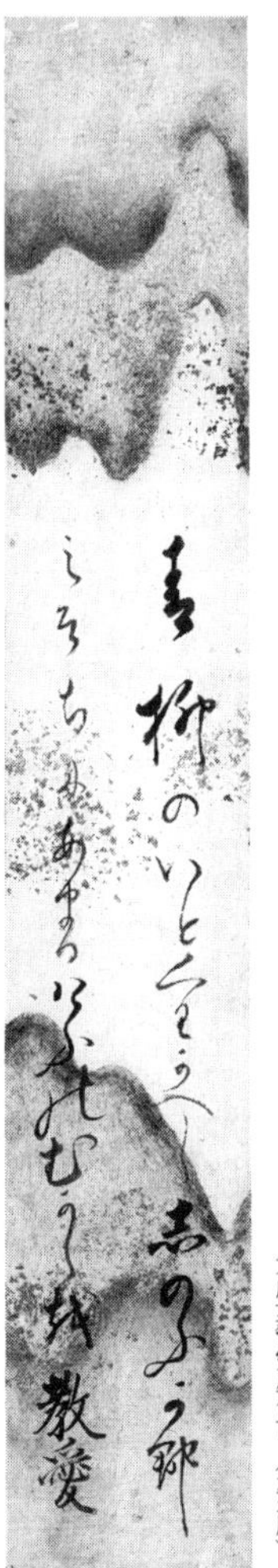

矢盛教愛短冊（架蔵）

春柳いとくりかえししのぶかな
　みそぢにあまるけふのむかしを　教愛

もう一首は、周防吉敷郡の上田光美の私家版として出された歌集『延齢松詩歌後集』（刊年不明・安政四年上田光美跋文）（因に『延齢松詩歌前集』は天保十年己亥春三月刊・周防菫道　不昧居蔵板である。『延齢松詩歌後集』は「カビタンヒートルアルヘルトビツキ」の蘭文詩が載ることで名高い。）の十八丁裏に所載のものである。

玉松のよはひもながくながさはの
　池をかゞみにうつしうゐけむ　京　矢盛教愛

矢盛教愛の著述は、ついに一冊も上梓されることが無かったようであるが、井上頼圀博士の神習文庫には教愛の著述が一冊収められいる。現在、無窮会蔵となった井上頼圀博士旧蔵本一括を神習文庫と呼ぶが（この文庫に関しては、滝沢典子「井上頼文評伝」（近代文学研究叢書資料第二十六篇）「学苑」9・1960、昭和女子大学光葉会、がその事情をよく伝えていて興味深い。井上頼文は頼圀の長男である）、そのなかでも井上頼圀は特に熱心に集めたものの一括を「玉篋（たまかつま）」と名付けて愛蔵していた。写本がその中心であるが、小山田与清自筆『歌学大成』や平瀬亀之助（露香）写『うつぼ物語考證』などの逸品揃いである。

その『玉篋』には、矢盛教愛著『近江国六座社考』（明治六年）が収められている。田辺勝哉・逸見仲三郎編『神習舎玉篋目録　神習舎歌文集』（大正十四年十二月廿五日印刷・大正十四年十二月廿八日発行）では、「神祇」に分類されている。林正章編『神習文庫図書目録』（昭和十年十一月十五日刊、復刻版昭和五十七年六月二十五日刊）では、「玉篋　井上頼圀輯　写　二八五　一三二二一」の「二七」の内容に分類されている。

『国書総目録』載る矢盛教愛の著書は次の四点である。古墓や陵墓研究が、その専らとするところである。

京　座田維貞
肥前　加藤玉粲
防府　權代盛貞
京　矢盛教愛
同　高畠式部

『延齢松詩歌後集』十八丁表（架蔵）

○宇治紀行〈安政六〉①三六二2

○桜本御陵考〈慶応二〉③六九〇1
○真如堂前古墳〈文久三〉④七五五1
○村上帝陵略考〈文久三〉⑦六四五2

先述の『近江国六座社考』(明治六年)は未収である。

これらの著述については別稿をもって紹介したい。別に、中尾堅一郎氏の御教示によると、教愛自録抜抄の叢書で大部の書籍があるとのことである。

四、矢盛文庫の蔵書の一斑

矢盛文庫は美本が多いが、なかでも貴重なものは建仁寺の文雅僧にして、福田美楯門人の今堀真中(いまほりしんちゅう)の旧蔵本である。今堀真中は北辺門の有力の一人で、和歌・歌学・文法学の研究に努めた。俳諧にも巧みであったという。真中は、その法号、通称は一二、向月楼、黙痴と号し、明治六年五月二十九日没、享年八十二歳、今堀真中没後に蔵書の一部が、矢盛文庫となったものらしく、蔵印の捺された位置で、その順が知られる(昨今の図書館の蔵印の位置の無神経さはどうにかならないのか)。「いまほりふみ」が今堀真中の蔵書印である。

今堀真中蔵書印
朱印(いまほりふみ)

矢盛教愛蔵書印、朱印
(矢盛文庫)

矢盛文庫旧蔵の『勢語臆断』『湖月抄』は、富士谷御杖(ふじたにみつえ)・福田美楯(ふくだみたて)・今堀真中など北辺門(きたのへもん)の人々の自(じ)

按（あん）書入がほぼ全紙にわたって施されており、北辺門の伊勢物語・源氏物語研究が浮かびあがる。また、『文徳実録』には榎並隆璉（えなみたかてる）自筆書入が夥しい、おそらく今堀真中にも愛蔵本であったのであろう。

梅谷文夫氏「新たに発見された『出定後語』の異版」（『混沌』第十四号、平成二年六月二十六日刊）に取りあげられた『出定後語』再版本も矢盛文庫本である。この一本の出現によって、書誌的研究の補訂がなされている。

矢盛文庫蔵書の一点一点に、学域の広がりと雑多さが存在するのであり、矢盛教愛の学蓄はそこにこめられている。けっして、矢盛文庫にはきわだって高価で稀代の珍書といったものは見出されない。蔵書の質が低いとか、注目するにあたらないとする愛書家がいたとしたら、それは真の愛書家にはあたらないであろう。矢盛教愛旧蔵本を手に取ると、なつかしいまでの愛着のぬくもりが伝わってくる。

〈矢盛教愛旧蔵本目録〉（『古典目録―新収古典籍特輯―』中尾松泉堂、平成二年正月）

（右書店の目録所載の番号をあげる。この目録が、矢盛教愛の旧蔵本を網羅したとはいえず、なお追補したく思う。）

一〇　文化増補京羽二重大全　四巻横本　優々館主人編　文化八年三都四肆刊　矢盛文庫旧蔵　二冊
大谷仁兵衛値段表入

一一　雍州府志　大本極上本　貞享元年序刊　津有造館蔵板　矢盛教愛旧蔵印　十冊

四七　天経或問及註解図解　付天学名目鈔　大本　上本　入江東阿著　寛延三年刊　矢盛教愛旧蔵　七冊

六三　真名伊勢物語　二巻　寛永二十年京都沢田庄左衛門刊　矢盛文庫蔵　朱墨書入　大本　二巻　二冊

六六　伊勢物語拾穂抄　北村季吟著　五巻　延宝八年藤野九郎兵衛刊　大本　矢盛文庫蔵　二冊

六六　勢語臆断　契沖著　五巻　享和三年京都吉田屋刊　矢盛教愛藍筆大書入いまほりふみ蔵印　五冊

七一　竹取翁歌解　荒木田久老著　寛政十一年刊　矢盛文庫旧蔵　大本　一冊

七二　竹取物語俚言解　佐々木弘綱著　安政四年序跋刊　矢盛文庫旧蔵　二冊

七三　空物語玉琴　細井貞雄著　江戸野村新兵衛板　矢盛文庫旧蔵　二巻　二冊

七五　湖月抄　北村季吟著　延宝元年跋刊　矢盛教愛旧蔵　書入多　六十巻　六〇冊

七八　源註拾遺　契沖著　元禄九年成　安永頃上写　矢盛教愛旧蔵印　大本七巻大意一巻　四冊

八〇　紫式部日記傍註　壷井義知著　享保十四年跋刊　矢盛文庫旧蔵いまほりふみ蔵印　二冊

一〇〇　徒然草諸抄大成　貞享五年京都四肆刊　大本　矢盛文庫蔵　二十巻　一〇冊

一一〇　保建大記打聞　谷重遠著　享保五年　京都柳枝軒刊　大本　三巻　三冊

一一九　日本霊異記攷証　狩谷棭斎著　江戸万笈堂板　矢盛文庫旧蔵　上本　三巻　三冊

一二一　本朝俚諺　蟠龍子著　正徳五年刊　寺屋他板　矢盛文庫旧蔵　九巻　五冊

一三一　清水物語　下巻　正保二年杉田勘兵衛刊　矢盛文庫旧蔵　大本　一冊
一九三　万葉集略解　橘千蔭著　二十巻目録一巻　中本　天保十四年序　精写　矢盛文庫　二一冊
一九七　八代集抄　北村季吟編　百八巻　文政二年刊　大阪河内屋等板　上本　矢盛文庫蔵　二五冊
二〇五　餘材抄（書入本）　契沖著　十巻第一欠　本文揃　朱大書入　矢盛教愛諸本校合書入　矢盛文庫蔵　大本　精写　九冊
二一五　百人一首改観抄　契沖著　三巻　元禄五年跋写　大本　矢盛文庫旧蔵　三冊
二二二　新葉和歌集　宗良親王編　承応二年刊　大本　京都林安五郎板　矢盛文庫旧蔵　四冊
二二六　和漢朗詠集註　西生永済・北村季吟著　十巻　大本　寛文十一年刊　矢盛文庫上本　一〇冊
二二九　標注曽丹集　曽祢好忠著　源躬弦等校　江戸万笈堂英平吉板　矢盛文庫・いまほりふみ　一冊
二三九　草庵集蒙求諺解　正十五巻続五巻　梅月堂宣阿編　享保八年刊　矢盛文庫　一四冊
二四一　年中行事五十番和歌　貞治五年十二月二十日行　延宝四年刊　大本　矢盛文庫蔵　一冊
二六一　賀茂翁家集　加茂真淵著　写　富士谷御杖逸話添書あり　婦賀美保之書　矢盛文庫旧蔵　一冊
二六二　艸廬和歌集　龍草廬著　賀茂真淵評　大書入仮綴大本　矢盛文庫旧蔵　彦根龍一郎写花押　一冊
二九五　詠歌大概抄　細川幽斎　六巻　寛文八年風月庄左衛門尉　大本　矢盛文庫旧蔵　上本　六冊
二九六　幽斎聞書　細川幽斎・佐方宗佐記　二巻　大本　矢盛文庫旧蔵　慶安頃刊　一冊
三一〇　浜のまさご　有賀長伯編　刊　春夏秋冬部　矢盛文庫旧蔵　一冊

四四四　神楽催馬楽略解　小林義兄著　三巻　文化十三年自序写　今堀真中旧蔵　朱書　図入
矢盛文庫蔵　大本　三冊

五四一　日本書紀神代巻塩土伝　五巻　点付　享保三年刊　柳枝軒板　大本　合本　矢盛文庫　一冊

五四二　日本書紀通証　三十五巻　谷川士清著　宝暦十二年刊　五条天神宮蔵板　矢盛文庫蔵　二三冊

五四八　文徳実録　十巻　藤原基経編　寛文九年村上平楽寺刊　大本　朱大書入　いまほり・矢盛文庫　五冊

五五五　古語拾遺纂註　京淀磯部約軒著　二巻　朱入稿本か　矢盛文庫旧蔵　元禄頃写朱訂正多　一冊

五五九　古史通　新井白石著　四巻　写　矢盛文庫旧蔵　朱書入　大本　二冊

五九三　読史余論　新井白石著　三巻　写　矢盛文庫旧蔵　朱書入　大本　三冊

六〇八　士義問答　湯浅常山・土肥経平著　二巻　天明三年序　天保三年写　矢盛文庫旧蔵　一冊

六二三　比古婆衣　伴信友著　二巻　弘化四年京都菱屋刊　彩色図冷泉為恭仁借魚形写矢盛文庫蔵　二冊

六四九　法曹至要鈔　坂上明基著　三巻　鵜飼石斎訓　寛文二年板後刷　矢盛文庫　大本　三冊

六五一　令義解　清原夏野等著　十巻　寛政十二年　塙保己一識刊　矢盛文庫　上本　一〇冊

六六二　標註職原抄校本　近藤芳樹著　二巻　安政五年　大坂田中宋栄堂刊　矢盛文庫　四冊

六八一　諸家知譜拙記　五巻　速水房常校　常忠補　文政三年京都竹原好兵衛刊　矢盛文庫蔵　大本　五冊

六八三　名字弁　三宅公輔著　文化十二年自序刊　矢盛文庫旧蔵　大本　一冊
六九四　禁秘御鈔階梯　滋野井公麗著　三巻　安永五年跋刊　大本　矢盛文庫　三冊
六九八　諸国図会年中行事大成　速水春暁斎著　四巻　大本　文化三年刊　矢盛文庫　六冊
七〇五　婚礼仕用罌粟袋　白水著　二巻　中横本　寛延三年三都四肆刊　矢盛文庫　二冊
七一〇　新野問答　新井白石・野宮定基著　天保三年　江口方雄写　矢盛文庫　一冊
七一一　海人藻芥　恵命院著　三巻　元禄七年刊やや後刷　矢盛教愛旧蔵　一冊
七一二　扶桑鐘銘集　岡崎廬門編　三巻　安永七年刊後刷　矢盛文庫旧蔵　三冊
七七一　画工便覧　新井白石編　五巻　矢盛教愛精写旧蔵　大本　三冊
八八五　肥前国風土記　荒木田久老校正　寛政十二年大坂柳原喜兵衛刊　大本　矢盛文庫蔵　一冊
九〇五　神代巻口訣　忌部正通著　五巻　大本　矢盛文庫　寛文四年京都武村市兵衛刊　五冊
九〇六　神代巻講述鈔　五巻　度会延佳講　山本広足記　大本　寛文十二年序跋刊　矢盛文庫印　五冊
九〇七　神代巻藻塩草　五巻　神武巻藻塩草一巻　玉木正英著　元文四年跋刊　大本　矢盛文庫蔵　六冊
九〇八　神代紀髻華山蔭　本居宣長著　寛政十二年刊　大本　矢盛文庫旧蔵　袋付　一冊
九一四　御鎮座次第記抄　岡田正利著　享保八年成　元文二年高橋景信写　矢盛文庫旧蔵大本　一冊
九一六　参考熱田大神縁起　伊藤信民・秦滄浪校　文化八年序刊　矢盛文庫旧蔵　一冊
九一七　尾州津島天王祭記　真野時縄著　正徳二年京都永田調兵衛等刊　矢盛文庫蔵　大本　一冊

九一八　古今神学類編神道祭物篇　藤浪時縄篇　四巻　享保二年京都永田調兵衛刊　大本　矢盛文庫蔵　四冊
九三二　祝詞考　加茂真淵著　三巻　寛政十二年大坂河内屋五肆刊　大本　矢盛文庫蔵　初刷　袋付　二冊
九七二　鈴屋答問録　本居宣長門人問答　安永六年成　写　矢盛文庫旧蔵　大本　一冊
九七三　国号考　本居宣長著　天明七年松坂柏屋等板　寛政十一年刊　矢盛蔵　大本　一冊
一〇一〇　榊巷談苑　榊原玄輔著　大田南畝刊　南畝叢書ノ内矢盛文庫旧蔵　一冊
一〇一五　柳庵随筆　栗原信充著　文政三年江戸崇文堂刊　書入　矢盛文庫旧蔵　大本　一冊
一〇三六　紫芝園国字書　太宰春台著　宝暦四年刊太田板　矢盛文庫旧蔵　袋付美　一冊
一〇三八　秇苑日渉　村瀬栲亭著　十二巻　文化四年三都七肆刊　矢盛文庫　一二冊
一〇三九　行余随筆　山陰樵者黒崎択著　刊　矢盛文庫旧蔵　一冊
一一一八　詞林意行集　宮川一翠編　六巻　元禄三年京都銭屋七郎兵衛等刊　矢盛文庫蔵　三冊
一一三三　紫芝園国字書　太宰春台著　宝暦三年序　矢盛教愛書写　矢盛文庫印　一冊
一一三五　あゆひ抄・かざし抄　富士谷成章著　六巻・三巻袋付　明和四年序刊　矢盛文庫　九冊
一一四二　冠辞考　加茂（ママ）真淵著　十巻　宝暦十四年跋　江戸出雲寺和泉掾刊　矢盛文庫蔵　一〇冊
一一六六　校正干禄字書　松下鳥石　寛延三年京都井上忠兵衛刊　矢盛文庫印　大本　一冊
一一七三　新撰字鏡　昌住編　享和三年萩陸可彦序刊　大本　矢盛文庫蔵　一冊

一一七九　説文韻譜　許慎著　十二巻　寛文十年刊　夏川元朴跋　初刷　矢盛教愛旧蔵　大本　一二冊

一一九六　群書一覧　尾崎雅嘉編　六巻　享和二年大坂四肆刊　矢盛文庫旧蔵　六冊

一一九七　近代名家著述目録　堤朝風編　三巻横小本　万笈堂補　文化八年序刊　矢盛文庫　二冊

一一九九　水戸史館珍書考　和漢雑笈或問五巻　鵜飼信興著　元禄自序　嘉永四年矢盛教愛校合本　写五冊

一三二七　諸宗章疏禄　恵範編　三巻　謙順校　寛政二年刊　大本　各仏典書名集　矢盛文庫蔵　三冊

一三五〇　浄土無縁集　明暦四年刊　大本　矢盛文庫旧蔵　一冊

一三五一　無縁慈悲集　感蓮社報誉著　万治三年吉田庄左衛門刊　大本　矢盛文庫蔵　一冊

一三一一　一休禅師年譜　二巻　文政十二年古海昌範跋刊　大本　矢盛文庫旧蔵　一冊

一四二八　徂徠先生醫言　荻生徂徠著　中村玄春校　安永三年刊　大本　矢盛文庫　一冊

一四八九　貞観政要　十巻　文政六年刊若山阪本屋等刊　矢盛文庫旧蔵　一〇冊

一四九二　名臣言行録　前集十巻後集十四巻　朱熹編　刊　矢盛文庫旧蔵　大本　六冊

一五〇三　読易私説　伊藤東涯著　元禄十三年跋　写　大本　朱入　矢盛文庫蔵　一冊

一五〇四　周易口訣義他　易伝燈　春秋金鎖匙　孟子外書蘇氏演義　洞天清禄集
京国学者矢盛教愛旧蔵写本　一〇冊

一五二八　論語詳解　二十巻　赦敬著　萬暦四十六年刊　精写　矢盛文庫蔵　大本　一四冊

一五三四　管仲孟子論　松村栖雲著　皆川淇園序　大本　享和三年林伊兵衛刊　矢盛文庫蔵　一冊

一五三五　孟子断　二巻　塚田大峯著　刊　矢盛文庫　大本　二冊

一五五〇　箋注蒙求　三巻　岡白駒注　明和四年板　寛政四年刊　矢盛文庫旧蔵　三冊

一五五七　老子弁　二巻　陳継儒註　幡玉斧校　明和七年金龍序刊　矢盛文庫蔵　一冊

一五六四　読荀子　荻生徂徠　四巻　明和二年刊　葛西板　大本　矢盛教愛旧蔵　四冊

一五六五　荀子考　二巻　猪飼敬所著　矢盛文庫旧蔵　朱書入　写本　二冊

一五七一　尚書大伝　四巻　考異補遺付　鄭玄注　明和五年刊　大本　蒹葭堂板　矢盛文庫蔵　五冊

一五九二　世説音釈　十巻　恩田仲任著　大田南畝跋　大本　文化十三年刊　矢盛文庫蔵　五冊

一六〇四　三礼国　二十巻　聶崇義編　宝暦十一年江戸崇文堂刊　矢盛文庫　大本　四冊

一六〇九　朱子読尊孟辯　三巻　矢盛教愛旧蔵　元禄八年刊　池田屋板　大本　一冊

一六二一　申鑑　五巻　漢荀悦著　天明六年刊　大本　矢盛文庫蔵　二冊

一六二三　古今注　三巻　崔豹著　山県子祺校　寛延二年刊　大本　矢盛文庫　一冊

一六二四　攷古質疑　六巻　宋葉大慶著　享和三年刊　大本　矢盛文庫蔵　二冊

一六五〇　三録故事　三巻　一色東溪編　大本　矢盛文庫蔵　享保六年杉生五郎兵衛門刊　二冊

一六五六　三経談　三巻　大田晴軒著　文化年間玉巌堂刊　矢盛文庫蔵　大本　一冊

一六九〇　四庫全書簡明目録　四巻　江戸星皐爽鳩校　中本　享和二年序刊　矢盛文庫　六冊

一六九一　欽定四庫全書提要医書　石坂宗哲編　三巻　小本　天保九年江戸和泉屋刊　矢盛文庫旧蔵　三冊

一六九三　遊仙窟　張文成著　慶安頃刊　大本　無刊記本　矢盛文庫旧蔵　一冊
一六九五　聴雨紀談　都穆著　元禄二年京都久保田志水二肆刊　大本　矢盛文庫旧蔵　一冊
一六九六　蔡邕独断　二巻　元禄五年京都羽太与兵衛刊　大本　矢盛文庫旧蔵　二冊
一六九七　荊楚歳時記　晋宗懍著　山内元春校　元文二年大坂北田刊　矢盛文庫　一冊
一七〇二　列仙伝　二巻　劉向著　岡田挺之校　寛政五年尾張片野刊　矢盛文庫旧蔵　一冊
一七一〇　甘氏印正　明甘暘旭著　宝暦十三年刊　大本　蒹葭堂板　矢盛文庫旧蔵　一冊
一七五四　曝書亭文集　十一巻　清朱竹垞著　篠崎小竹閲　天保十四年刊　矢盛文庫　四冊
一七六五　古学先生詩文集　八巻　伊藤仁斎著　享保二年跋刊　大本　古義堂蔵板　矢盛文庫蔵　四冊
一八三八　好青館漫筆　三巻　木下元高　宝永五年自跋　大坂本屋長右衛門刊　矢盛文庫旧蔵　三冊
一九〇一　孔雀楼文集　七巻補遺一巻　清田儋叟著　安永三年刊　文錦堂板　大本　矢盛文庫蔵　二冊
一九〇四　拙堂文話　八巻　斎藤拙堂著　文政十三年刊　矢盛文庫旧蔵　四冊

◎追補

〈『古典籍下見展観大入札会目録』主催東京古典会、平成元年十一月、所載〉

732　おちくぼ物語　四巻　江戸中期頃写　矢盛教愛（京国学者）大朱校合書入　大型　写真版一九一頁掲載　二冊

〈『思文閣古書資料目録』第百二十一号、平成元年十二月、思文閣出版〉
627北山三尾記・西南記行・神泉苑略記　黒川道祐　嘉永五年矢盛教愛筆写本和大帙入
〈『第30回ＩＬＡＢ東京大会開催記念、第13回国際古書展協同目録』1990・10、国際古書籍商連盟〉
7仙覚本　萬葉集抄　無刊記本　ひらかな　二十巻　矢盛教愛旧蔵本　題簽付　美本　大本　合本
六冊

他にも、まだまだ「矢盛文庫」の蔵印の見える書籍は存するはずで、前記の目録外に架蔵本になった蒲生秀実著『山陵志』(刊年不明一冊本)がある。また、蔵印は無いが『古典目録―新収古典籍特輯―』中尾松泉堂、の写真二頁所載「25堪忍記　8巻　古雅絵入　伊勢屋板　江戸中期刊　大本　仮名草子　4冊」の表紙には、矢盛教愛の花押がみえている。

『地下家伝』卅一をみるに、矢守氏があるが、矢守氏は「仁和寺宮　坊官諸大夫家伝」に「矢守(姓い)源」とあって「源氏」で「平昌」「平康平昌男」「平充平康男」の三人がみえる。矢盛氏は「平氏」、別の血統のようである。

(6) 幕末における山片家と懐徳堂
—四水館をめぐって—

一、山片家の四水館

懐徳堂と山片本家、および山片蟠桃についての研究は末中哲夫氏著『山片蟠桃の研究「夢の代」篇』（昭和四十六年三月三十一日刊、清文堂書店）も、有坂隆道・末中哲夫両氏「山片蟠桃の研究」（「ヒストリア」第一号〜九号連載）などによって既に詳細な研究がなされているが、本稿では、山片蟠桃の主人である山片平右衛門家の二代目当主山片重賢から後、四代目重芳より六代目重信の間に営まれた別荘四水館と懐徳堂門人の有力者であった清水中洲とのかかわりをあげつつ、山片家の六代目当主より漢学から歌学にその従学するところを変えたこと、また山片家当主は桂園派の高橋残夢に就きながらも懐徳堂ゆかりの人々とは交流の途絶えることがなかったことなども明らかにしていくこととしたい。

多治比郁夫氏の「『四水館記』—山片家の別荘と混沌社会の雅会と— 御文庫本紹介㈡」（「すみのえ」通巻186、昭和62年秋季号、昭和六十二年七月十日、住吉大社社務所）によって、山片平右衛門家が大坂の福島村（現在・大阪市福島区）に、別荘の四水館を構えて、文人墨客をしばしば招き風雅に遊んだことを、住吉大社御文庫蔵本『四水館記』一冊を紹介されるなかで明らかにされた。それによると、混沌詩社のメンバーを中心とした人々（田中鳴門・葛子琴・篠崎応道・蘭洲・東二無・涌泉弇魯川・渓百年・芥川元澄・今井重憲・藤井元粛・服部式雅）が天明二年に、山片家の別荘に遊び、四水館をめぐる池に美しく咲いた蓮の花をめで、「採蓮曲」を賦したという。しかも、その折の玉詩を九島の蘭州和尚が編じて『四水館採蓮帖』と題して、各々の自筆を板下となし、薄冊かつ瀟洒な一冊を上梓したという。

その天明二年の折の『四水館採蓮帖』には、片山北海の序文、奥田元継の跋文が付されており、先のことどもが明らかになるのであるが、多治比氏論文から引用させていただくと（多治比氏論文では、原文の漢文を書き下し文としている）、

北海自身はこの雅会に不参加であったが、序文は雅会の様子を余さず伝えている。全文は次の通り。

四水館採蓮帖小引

館は山片氏の別業にして、園を環り皆渠なり。故に命じて四水と曰う。九島の蘭公、暫く寓居し痾を養う。時に維初秋、渠中の荷花盛んに開く。師五六の詩友を招き、採蓮曲を賦す。蓋し館主の之を求むるためなり。……（中略）……是に於て、坐客更に一大白を挙げ、揮毫すること飛ぶが如し。満渠の菡萏は宛かも紅粉の如く、瀰沢は若耶渓中に揺蕩し、日暮れ歓を罄くして散ず。是日会する者、田子明・篠安道・渓百年・葛子琴・服永賜・藤銓卿にして、予は家忌のため趣くを得ざるなり。

天明壬寅秋七月　北海片猷拝書す。

また同じく、奥田元継の跋の一部を、次にあげると、

福洲の四水園、芙蓉盛んに開く。一日、都下の詩名有る者を招き、幽賞日夕に竟り、題するに采蓮曲を以てす。吟哦各おの成る。……（中略）……近日、諸子の自写する所を取り、之を裒め、上木して蝉翼の小帖を製し、後の此の園に遊ぶ者に貽る。禮雅の間、各体自のずと分別有り。……（中略）……天明壬寅九月。西播奥田元継題す。

前後することとなるが、『四水館採蓮帖』所収の一編をあげておくこととしたい。

朝自南風晩北風
音蘆何事少相通
独向若耶渓畔歎
采蓮不与菜薪同

螙弇張（葛子琴）

さらに加えて述べねばならないのは、住吉大社御文庫蔵本は板本にあらずして、写本（板本写し）で、山片家六代目当主の重信の筆写にかかるものであり、『四水館採蓮帖』を写したうえで、三編の「四水館記」を巻末の付録として写し添えたものであるということである。

三編の各々をいうと、一編は山片家四代目重芳、もう一編は山片芳秀、すなわち山片蟠桃その人であり、この文は大阪府立中之島図書館蔵本『草稿抄』にも所収のものである。のこりの一編は、六代目

当主重信による「四水館記（他の二編と異なり、これのみ無題であるが）」で、これのみ高橋残夢に学んだ桂園派の人らしく和文で、先の二編の原文は漢文である。

後に述べることともかかわるので少々煩雑であるが、引用しておくこととしたい。

（無題）（升屋六代目重信作）

我四水館は、四方にめぐれる水によりて呼る名なりけり。聞ならく。いにし寛延・宝暦の頃、祖父のものし給ひて後、折にあひては、あるやむごとなきみわたりも入らせ給へりとか。此園、にし北を打わたして、山野めのいたらざる所なし。そは父の大人、早くこれを記し給ひたれば、今更云べくもあらず。常に友をえて詩を賦し、酒をたのしみてうたひ給へることもあり。其記曰、斯池吾先子之所鑿也。斯樹吾先子之所植也。斯亭吾先子之所営也。而斯衣服飲食亦吾先子之所貽于我也。若廃墜吾業。使斯園属他人之有。則不孝莫大焉。若外斯園以求逸楽于外。則亦不孝也。乃自警自誡焉。嗚呼然則予之遊于此也。実先子之心也歟とぞ。

また、芳秀の翁も、風景をおろ〳〵あげつらふまにまに、しめして云らく。是先君之所営而伝到于今君。其勿浚斯池。勿峻斯宇。勿潤苑囿、勿求珍石奇樹。知其足貶其羨。学文章於斯。会益友於斯。夙夜戦競。無墜前業。則臣之情願足矣。乃記、なり。

父の大人、祖父より受伝まして、これをたふとミかたじけなミ、翁のいましめをもよくまもり給へるは、かたしともかたらずや。されど年ふりては軒端くち壁こぼれて、月の影はさしいる影をめづるとも、ひまもる雨をいかゞはせむ。人めかれゆきては、梟、松桂の枝に鳴、狐、蘭菊の花もとに遊びて、おのが宿としむるこそさびしけれ。大人、年いたく老給ひぬれバ、兄重長君に早く世をゆづりて、こゝにのがれむとし玉ふものから、あれのミあれているべくもあらず。さるがうへに、五月雨降つゞく比は名残の水ミちあふれて、田の面もすのこもひとつに成て、なミのたちゐ居るこそうかりけれ。翁のいましめもさることなれど、おひしげる艸も木もかりはらひて、地高うあげてつくりあらためたれば、もとの余波なくなりにたれど、門の前にふりにし松の一もと、庭に老たる蘇鉄は、さながら祖父のかたみとて、父の大人のことにめで給ひぬるは、まのわたりミる所也。かく改めものせの後、しばし老をやしなひ給ふいとまに、里の子らと共につみ給ひし芹もなづなも、朝な〳〵におとろへて、老のすゑの、霜ときえ給ひぬれば、松のちとせもむなしくて、かなしミの声たちて、久しきかたみとぞまたなれりける。おもひきや、兄の君も大人より誠ニ世をはやくし給はむとは。いくばくもたのしミたまふほどなくて、おのれひとり春秋のとみをうるはいかにぞや。あなかしこ、天命なりとせむか、かの因縁といはむか。今より後、我家に生いづらむ八十つゞき、大人のたまものをうしなふことなかれ

右の跋文を添えた『四水館記』の写本は、料紙に柱刻のある刷り物が用いられており、「郁子園蔵」とみえている。この郁子園（榔子園）こそ、六代目当主山片平右衛門重信その人である。同写本は、重信の自筆である。

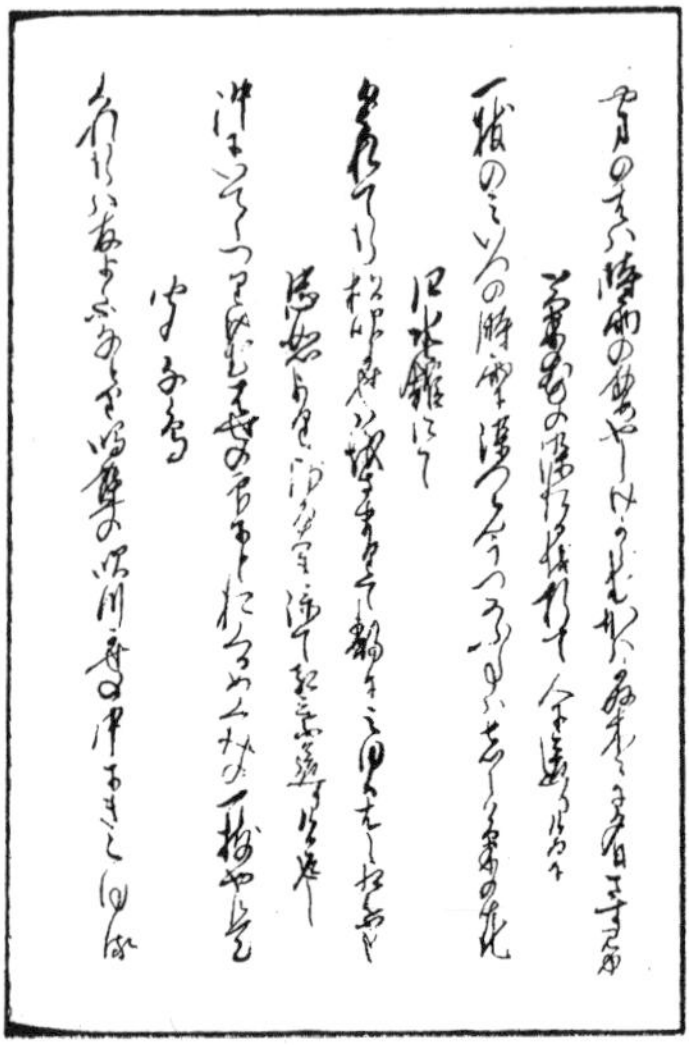

山片重信自筆歌集『榔子園草稿』（架蔵）四行目「四水館にて」

二、山片重信（榔子園）

架蔵の歌集『榔子園草稿』が、山片重信歌集であり、その自筆浄書本の全文を翻刻（拙著『幕末・明治　上方歌壇人物誌』平成五年九月十日刊、臨川書店）すると共に、山片重信は号を榔子園（いくしえん）と称し、桂園派歌人の高橋残夢の有力門人の一人であったことなどを追究紹介したことがあるが、山片家は重信の代から、重中、重明へと、六・七・八代が漢学や蘭学よりも和歌への傾向をみせたため、少しく懐徳堂との親密さに欠く憾みが生じるようになっていたのも、この重信の代の頃からであった。

『榔子園草稿』は「三」と題簽にあるために、現在、拙蔵の一冊以外に存在したはずであるが、拙蔵の「三」は、巻頭から年月順に和歌を所載浄稿で、「嘉永二年」の一ヶ年分を載せている。重信は安政元年に四十八歳で没しているので、没する五年前、四十三歳の折のものと逆算できるが、詞書などから拾える交流した人々の名にも

○星忠恕　○高橋大人（高橋正純）　○樋口兼徳

○多田蔵暁　　○井上喜厚　　○勝子
○田中董孝　　○山片信利　　○鷺氏
○桜井竹雄　　○高島千古

といった、同じく大坂の富裕の町人、血族、そして歌友らの名前しか見出せず、無論、歌会を中心とする自らの和歌を集めた歌集であるから、歌友や師匠の名前の登場がその大半を占めるのは当然のことであるが、それにしても、懐徳堂の人々との交流は、まったく歌集からは窺えない。

では、六代目重信の頃、懐徳堂とのかかわりがまったくなかったかというと、そうではなく、例えば、西村時彦著『懐徳堂考』（大正十四年十一月一日刊、財団法人懐徳堂記念会）から引用すると、中井碩果（せきか）が懐徳堂学主としてあった頃のことであるが、

碩果の代に至りて、天保四年にも修覆予備の為に義金を徴集し、文を作りて甃菴に告げたりし告文の奥に義金人名を記せり、金額は明記せず、其の人名左の如し。

山片平朔▲山片平右衛門▲山片七衛▲山片小右衛門▲山片小三郎▲安治義兵衛▲長谷川與兵衛

（以下略）

と、山片家当主（天保四年の当主は山片重信にあたる）以下ずらりと山片家一族の人々が並ぶので、懐徳堂のパトロンたること、旧より変わらぬことは判ぜられるのである。

また、大阪府立中之島図書館蔵本の『樺帖』二冊は、

くわいとく堂そう書をもつてうつしおへぬ
弘化五戊申きさらき二十五日　しけのふ

の巻末識語をもっており、序文には、その頃の山片家番頭であった吉川俊蔵にあてた並河寒泉（なみかわかんせん）の書状の写しが記されている（「第一〇三回特別展　懐徳堂―近世大阪の学校―」昭和六十一年三月十一日～四月十七日、大阪市立博物館）。弘化五年は、重信四十二歳にあたるが、天保年間から弘化年間にわたって高橋残夢の著述上梓に多大な費用を支援し、和歌への専心にありながら、家代々の懐徳堂との深いかかわりは絶えていなかったことが察せられるのである。高橋残夢・正純の父子と、山片重信・重中との交流と学問については、先にあげた拙著『幕末・明治　上方歌壇人物誌』のなかで述べたことなので、ここでは詳述しないこととする。

三、清水中洲筆『四水館記』

ここで紹介する清水中洲（ちゅうしゅう）『四水館記』は、大阪船場の旧家より出た一点で、中洲自筆浄書による巻子（かんす）仕立のまことに名家の蔵品にふさわしいものである。勿論、住吉大社御文庫本の『四水館記』とは内容的にも、作者も異なる新出資料である。おそらく緞子（どんす）の表紙が付けられ、箱の誂えられたのも、はじめの所蔵者であった山片家によってであろう。

『大阪人物誌』（石田誠太郎著、昭和二年三月刊、復刻昭和四十八年八月五日刊、臨川書店）に載るところの、清水中洲の伝を左記にあげる。

清水中洲

清水氏、名は原、字は士進、通称弥三郎、中洲は其号なり奥洲仙台侯大阪藩邸の留守居たり性学を好み業を中井履軒の門に受けて詩書を能くす嘗て本願寺の垂絲海棠を観て咏せる詩に

宝園花開春色新、賞観難去幾呻吟、
奔波翁媼不知趣、認得乃為宗旨人

歿年　慶応三年二月九日　行年七十八歳

墓所　大阪市南区下寺町一丁目　大蓮寺

注目すべきは、中井履軒（りけん）の門人であること、中洲が仙台藩大坂藩邸の留守居であったことの二点であろう。

では次に、清水中洲自筆の『四水館記』を翻字してあげる。

⑴印　四水館記

四水館在于福嶼府下大姓山片氏
之荘也渠水四面環館所以名焉云
入外門有小橋渡而左上堂堂西北
面遠邀山巒平挹郊野庭中樹石磴

砿之位置幽趣可掬矣春風之駘蕩花香飄衣夏日之長間緑樹引涼秋冬之紅樹晴雪可以發酒興助茶味是皆館之景物也抑館之名取於環水其義則別有在焉請試言之易次為水ゝ険也次下次上重険也凡人臨険艱未有不戒者也況険之重者乎四水不啻重険其警戒豈得不深乎夫水之険苟能戒之未必至於有咎也至於世路之険則事有變動焉時有通塞焉其不可以水警戒孰大焉曽子将終日戦ゝ競ゝ如臨深淵如履薄冰而今而後予知免夫曽子之賢其終身警戒猶如是况常人乎山片氏旧主人以四水名館其意其在此乎

清水中洲撰（自筆）『四水館記』（架蔵）

今主人為人謙冲敦厚倹素自守
不敢怠荒似服膺此義者予於是
卜山片氏之家可逾盛而逾長久
也或曰富有之人無日不楽也且別
業之設将以供游楽也游楽之地
而如臨于険如無所楽偽恐非設
別業之意也曰優游終日流宕忘
反竟至於無所楽者往々而然是
非以其所楽為無所楽之地乎今
游楽中之一戒如無所楽者所以
不使至於無所楽也則其楽之不
盡其猶水之流而不歇也耶所戒
已取于水所楽亦于水名館之
意亦可謂洽矣耳主人使予記
焉因序是言以贈之時嘉永己
酉三月也

戒豈得不深乎夫水之險苟能戒
之未必至於有咎也至於世路之險
則事有變動焉時有通塞焉其不
可以不警戒哉大焉曽子将終曰
戦々兢々如臨深淵如履薄氷而今
而後予知免夫曽子之賢其終身
警戒猶如是況常人乎山片氏回
主人以四水名館其意其在此乎
今主人為人謙冲敦厚倹素自守
不敢怠荒似服膺此義者予於是
卜山片氏之家可逾盛而逾長久
也或曰富有之人無日不楽也且別
業之設将以供游楽也游楽之地
而如臨于険如無所楽何恐非設

中洲吏隠清水原撰　⑵印⑶印

⑴原泉混々
　不舍昼夜（孟子離婁下による）
⑵浪華／清水／原印
⑶字／士進

全四百七十八字にも及ぶ長文で、嘉永己酉（嘉永二年）三月の年記によって、奇しくも、架蔵の山片重信の『榔子園草稿』の嘉永二年分と同年成立ということとなり、『榔子園草稿』のなかにも散見される、次の詞書をもつ歌などの資料的価値も自ずと高まることとなった。（番号は、拙著『幕末・明治　上方歌壇人物誌』のなかで、整理・便宜のために私に施したものである）

別業々意也曰優游終日流宕忘
反竟至於無所楽者往々而在是
洲以其所楽為無所楽之地乎今
游楽中々一戒如無所楽者所以
不使至於無所楽也則其楽々不
盡其猶水々々流而不歇也耶所戒
已取于水所楽亦取于水名館之
意亦可謂洽矣耳主人使予記
爲因序是言以贈之時嘉永己
酉三月也

中洲吏隠清水原撰

四水館の紅葉見にまかりて
476 あさくとも見てや（を）帰らむ紅葉の
色の限りはしられさり㒵

四水館にて
844 くれて行秋吹かせはをさまりて
静にみゆるはし紅葉哉

清水中洲の『四水館記』をみるに、四水館での四時の風流文雅の有様や四水館の風光、また山片家の処世や家風の一斑も語られており、興味尽きざるものがある。

中洲は、当時の懐徳堂のなかでは、その学識と人物・地位身分によって、重要な位置を占めていたものとおぼしく、先にもあげた『懐徳堂考』によると、懐徳堂を桐園が継いだ折に、その立会人となった一人が清水中洲であったことが「懐徳堂記録拾遺」に記されているという。次にそれらの文をあげる。

桐園は其の号なり、履軒の孫にして、柚園の第三子、母は岸田氏、履軒歿後七年なる文政六年を以て和泉町の水哉館に生る、生れて甫めて十歳、出でて宗家の嗣と為れり、其の本家相続と定まりし時に、取交したる證本二通、懐徳堂記録拾遺に載せたり、其一は清水弥三郎（仙台蔵屋敷役人号中洲）、早野生三（号小石、反求の子）、古林正見（槐菴の男尚剛が義子）、瀧中書（竹山門人の松隠）、四人連名にて竹島立雪、広屋得左衛門、岩崎十太夫（以上履軒門人か）の三人に宛てしもの一通、舒

> 太郎殿（桐園のこと）は雄右衛門殿（柚園）御家督なれども、学校は宗家の事に付、養子許されしは有難く、将来雄右衛門殿家計差支の時は、学校にて引受くべしと誓ひ、一通は竹島広屋岩崎三人より前記四人宛にて、釪太郎殿成長後、学芸升達（ママ）して宗家相続と定まらば、雄右衛門殿より先代（履軒）伝来の遺物遺書を一円同人に譲与あるとも、我等苦情を申さじとの事を認めたり、如此にして水哉館は懐徳堂に合併の姿と為りしなり、桐園十八にして養父に別れし後は、滞なく宗家を相続し、学校預人の名義を襲ぎしも、年少の事なれば、一に寒泉の指図を仰ぎしのみならず、従ふて教育を受け、以て絃誦を絶たざりき。

並河寒泉とも、深く親しんだであろうこと、右からも理解されるが、同じく『懐徳堂考』に、

> （寒泉）交游甚だ少く、仙台蔵屋敷の清水中洲、津山の儒員中西半仙、伏見の羽倉可亭等、三四人と尤親しかりき、

とされている。

中洲は没後、「文厚」と諡されているのによっても、その人となりが偲ばれるところであるが、『浪速叢書』に収めるところの未刊の名所図絵の稿本である暁鐘成（あかつきのかねなる）著『摂津名所図會大成』に、中洲の漢詩を拾うことができるので、次に列記しておく。

広田社（ひろたのやしろ）

街頭處々笑聲多　春早頓看春気加

日暮醉歸烏帽客　竹枝擔得影婆娑　清水中洲　（巻之八、八五頁）

　鯊釣船（はぜつりふね）

拂曉扁舟出㆓海門㆒　煙波萬頃醮㆓吟魂㆒

由來欲㆑釣幽閑興　休㆑問柔竿芳茸煩　清水中洲　（巻之九上、二八頁）

　安治川橋（あぢかわばし）

一瓢載得一扁舟　占斷鯊魚茅渟秋

日暮潮生月亦上　軽篙更轉荻蘆洲　清水中洲　（巻之九下、一五頁）

　櫻宮（さくらのみや）

櫻祠煙景本殊㆑他　花柳風香湧醉歌

浪速城中家百萬　無尽不向此經過　清水中洲　（巻之十二、三八頁）

　津村御堂（つむらみだう）

　　絲垂櫻（しだれざくら）　玄関（げんくわん）の庭（には）にあり大樹（たいじゆ）にして四方（めぐり）に枝（えだ）を垂（た）る晩春（はんしゆん）（ママ）の花盛（はなさかり）には美観言語（ひくはんごんご）（ママ）に絶（せつ）（ママ）す

宝殿花開春色新　賞翫難去幾吟呻

奔波翁媼不㆑知㆑趣　認得乃為㆓宗旨人㆒　（巻之十三上、三八頁）

最後の一首によって、石田誠太郎著『大阪人物誌』は『浪速叢書』からの引用ということが知られる。因みに、『浪速叢書』に収めるところの「大阪訪碑録」にも、清水中洲の墓碑銘はいれられている。

清水中洲墓　下寺町一丁目 大蓮寺

（文厚清水翁墓）

翁諱原。字士進。號㆓中洲㆒。称㆓彌三郎㆒。姓清水。仙臺藩士坂邸留守也。慶応丁卯二月九日病卒。
壽七十有八。葬㆓府南大蓮寺先塋之側㆒。私諡曰㆓文厚㆒。

孫男清水博建之

これも、石田誠太郎は、『浪速叢書』によって、『大阪人物誌』の続編に所収するところとなっている。いずれにしろ、天保から嘉永にかけての頃の大坂にあっては、詩壇においても屈指の存在であり、例えば、先にあげた『摂津名所図會大成』において、清水中洲の「安治川橋」の漢詩と共にあげられた詩の作者たちの名をあげると、

荒井鳴門（めいもん）、広瀬旭荘（きょくそう）、竹鼻則（たけはなそく）、篠崎小竹（しょうちく）、篠崎武江（ぶこう）、香川琴橋（きんきょう）

などと、当代一流の人々である。竹鼻則については、山片蟠桃と面識交流があったことで知られている（末中哲夫『山片蟠桃の研究「夢の代」篇』）。

さらに懐徳堂では、中洲が履軒（りけん）直門の重鎮として、大きな存在であったことも、先の資料で明らかである。こうした、懐徳堂の人々と山片家とのかかわりは切れることなく、幕末期まで続いたことが判明するわけだが、見逃してならないのは、蟠桃以来深い結びつきがあった仙台藩との経済、商業でのつながりである。愛日文庫（現、開平小学校蔵）に残る山片家寄贈の歴代当主手沢の書籍に『環海異聞（かんかいいぶん）』を

はじめとする仙台侯より拝領した様々の珍籍・稀書が含まれていることは、あまりにも有名である（『愛日文庫目録』昭和六十一年三月十五日刊・末中哲夫・埜上衛編集・愛日教育会発行）。

仙台藩の藩邸常勤の藩士や、在坂の任にあたり上坂した藩士の多くが、懐徳堂の講筵に列なり、懐徳堂の先賢たちの遺著を筆写し、持ち帰ったりしたようである。そうした折の仲介・紹介の労をとる中心的人物の一人が、清水中洲であったのであろう。

また、中洲の山片家との関わりも、文雅・学芸のレベルにとどまるものでなく、むしろ藩蔵屋敷における経済的・外交的手腕に秀でた能吏としてのイメージを中洲に置いたうえでの、山片家とのしたたかで老練な外交・交際に及んだことを考えねばならないであろう。

住吉大社御文庫蔵『四水館記』の山片重信筆写の頃と本稿に紹介の清水中洲『四水館記』の成立とは、ほぼ同時期と考えてさしつかえないようであるかと考えられるが、その頃の山片家には高橋残夢の指導による桂園派の歌会が華やかにもたれると共に、懐徳堂ゆかりの人々が雅客として招かれては、山片家の人々との風趣の一時を分かち合ったことが知られるのである。

本稿をほぼ脱稿という段階になって、念のため『国書総目録』を引き、

清水中洲詩稿（しみずちゅうしゅうしこう）　一冊　(類)漢詩　(著)清水中洲　(写)阪大（手稿本）

のあることに気付いた。同書によれば、さらに様々のことが判ぜられるであろうが、それにも紙数の限りのあることであるから、別稿をもって紹介することとして、本稿をしめくくることとする。

〈付〉　印の釈文については、道方芳堂先生の御教示に預ったことを記して、嗚謝申しあげる。
また、「原泉混々不舎昼夜」（原泉は混々として、昼夜を舎かず）の印は、中井履軒の塾名「水哉館」の「水哉」に呼応するものである。

（7）尼崎郷校の儒者　鴨田白翁

一、鴨田白翁

尼崎は古来より大坂の隣地として、軍事上・経済上に重要の地とされてきた。近世期における学芸史的にみても、それは認められるが、例えば、それらをまとめたものとして岡本静心著『尼崎藩学史』（昭和二十九年六月一日刊、尼崎市教育委員会・尼崎藩学史出版協会）の名著があり、連綿と続いた尼崎での儒学の流れをつかむことができるのは大変に有難い。

そのなかで（一一二頁）、「郷校」と題して、本稿にあげる鴨田白翁（かもだはくおう）について述べられたところがある。次にあげる。

尼崎藩には清漑園塾の外に郷校と、止善舎があった。郷校の詳細は不明であるが、平林徂水氏が石碑を中心に尼崎を語る、（上方第五十九号）と題して、聚録する碑名の中に鴨田白翁、田辺丘阜、伊藤蘭斎、伊藤北窓の四人が庶民教育に貢献したことを窺はしめ、郷校の存在したことを立証してゐる。此四人の碑名に依って推察するに、鴨田白翁の墓は現市寺町善通寺に在って、文化八年十二月（一八一一）に籔田元敬が次の如く記してゐる。

先生姓鴨田氏。諱維章字煥文。和泉伯太人也。初仕伯太侯。為世子伝。後有故辞祿。来居於摂之尼崎。先生博学強記。為人温厚篤実。是以土人及隣邑之志学者。多従受業。而凡人之周旋于先生者。無貴賤無老少。亦皆莫不悦服敬信焉。今年十一月三日病歿。年七十有一。葬於城西海岸寺。先生無妻子。其所以遺命門生某輩也。今也。某某輩。相与謀将表莫以石面刻其文焉。因略記先生履歴以併刻亡

文化八年辛未冬十二月

門人某某等敬建

籔(ママ)田元敬謹書

この碑文に記する如く、和泉伯太侯を致仕し、尼崎に来り帷を下して、専ら庶民教育に専念したのである。彼の墓碑が門弟に依って建てられた事は、妻子がなかった事も理由の一であるが、経済的にも恵まれてゐなかった事も理由の一であらう。碩学は貧なるを貴しと云ふ通念も全然冗言でもないのである。

とあって、平林徂水(そすい)「石碑を中心に尼崎を語る」(『上方』尼崎号、五十九号、昭和十年十一月一日刊)の論文より採られた資料を基とされているようである。また、平林徂水氏の論文によれば、鴨田白翁の墓碑は三面に刻されており、右にあげられた分は、右裏に刻された分にすぎない。すなわち、平林氏論文から引用すると、

墓石は台石二段にて二尺角一尺三尺角一尺二寸、上石一尺五寸に一尺高さ三尺五寸のものである。

其石碑の表面には

白翁先生之墓

裏面には

瞻彼闍者虚室生白者色之質而清虚自然皓潔純全者也故応物無迹能受其彩而不辞矣是乃南華真人所以数比喩道徳而不止也余遊於人開世周旋干士干農干工干商而亦能受其彩多年於此也然其質之白而潔然者固是天之所與而湟不緇者不変存其中矣況其他青黄赤所能汚染乎因自号曰白翁今茲文化辛未之冬罹疾将赴干黄泉不知果能受其彩而為黄土乎亦将潔然不変者在其中存矣乎嗚呼黄野之蠢民系家譜族不足録向死聊記其遺命刊干碑陰

とあり、その右裏に先の碑文があるのである。そして、その碑文の撰は、某氏であるが、実は門人の一人である西村亮であることも書かれている。

二、西村榕園

西村亮（りょう）は、榕園（ようえん）という号のある尼崎道意（どい）の人で、そもそも西村家は慶安の頃から尼崎の地にあって、漢方医として知られた人があった。新田開発に成功したため、その号の道意が地名となったのである。文化年刊の当主が西村亮であるが、尼崎に度々講義にきていた懐徳堂の早野正巳（はやのまさみ）（反求）を介して、懐徳堂に学ぶ儒医であったが、その西村亮に漢学の手ほどきを施して、早野正巳との出会いをもたらした

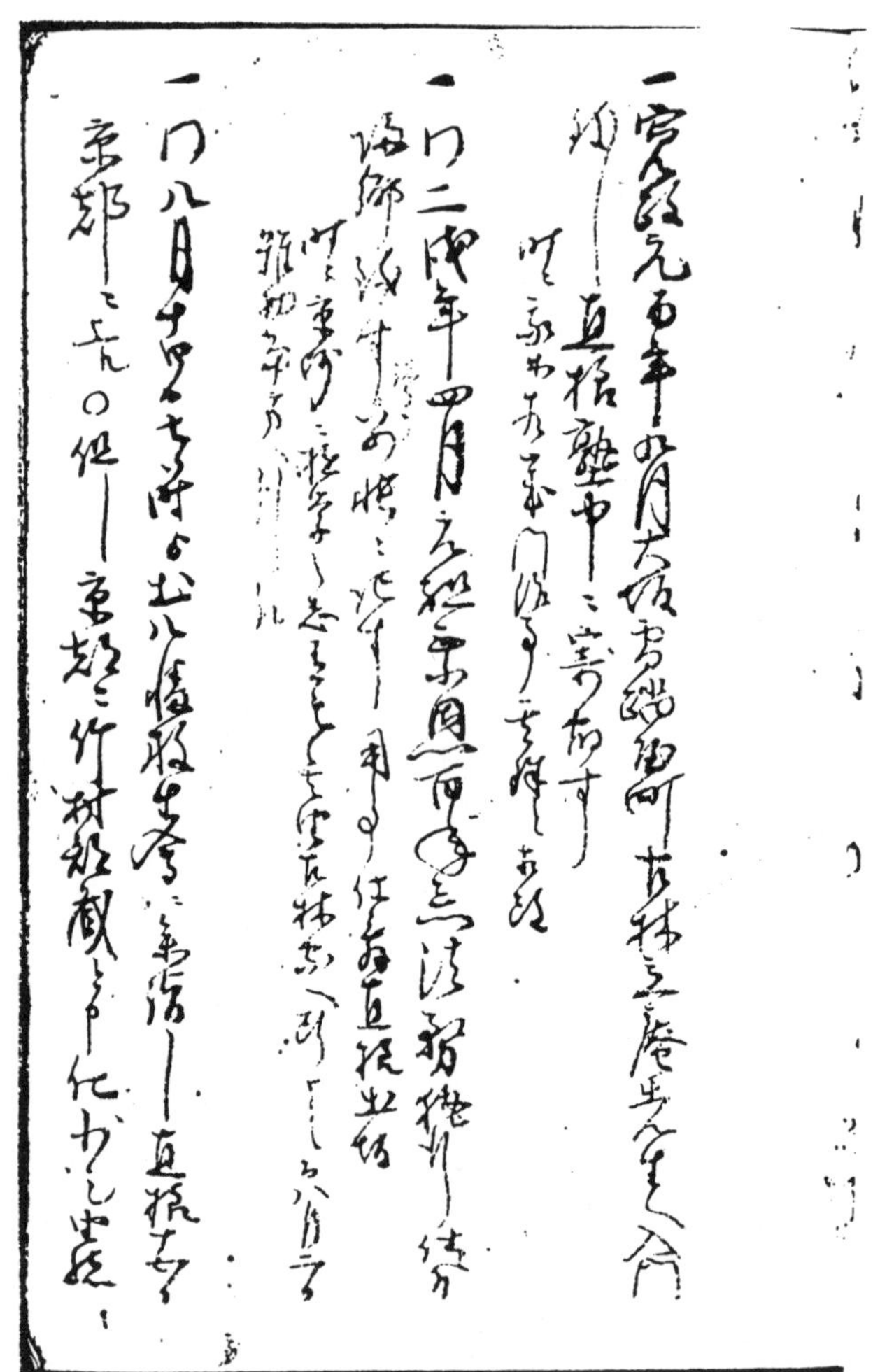

西村亮自筆『家記　前編』本文一丁表（架蔵）
（古林立庵へ入門の記事がみえている。）

のも鴨田白翁であったらしい。

現在、架蔵の三点に西村亮自筆の『窶園日抄』一冊、『白翁先生遺稿』一冊、『家記　前編』一冊があり、それらによって、尼崎の郷校の師、鴨田白翁の事績の一斑が明らかとなったので、本稿に資料と共に紹介したいが、妻子のなかった老先生鴨田白翁の最期を看取った西村亮の生々しい記録が『家記　前編』のなかに見出せる。次にあげることとする、年記もあり、詳細なものである。

文化八未十一月三日　白翁鴨田先生尼崎築地町ニ而死去有之候。先生名維章。字煥文。俗名正蔵と云。小生幼少之時ゟ教諭ニ預リ。三拾余年随従致し候。然所今年春頃ゟ御病気ニ而次第ニ重リ四五月頃ニハ至而大切ニ有之候処。不思議ニ土用も御凌き被成。秋の始より快気と最早御座候へとも御自身ニは迚も全快致し候事無覚束とて御所持之書物抔御売拂被成。独身の事候へは先祖の位牌ヲ供養致候者無之候故。先祖之位牌ニ銀子ヲ添。全昌寺へ納め御頼み有之候。扨御仰候は人々の死後ニ外人ヲ頼み牌銘ヲ認め候事。世間通用ニて候。然ル時は其人の事を誉んとて実を失ひたるも有之候。夫故ニ自ら存し奇を書記し牌銘を認め置候とて人々へ見せ。此方当年には死すへく候間。死後には此銘を牌面に顕し呉候様。門下に遊被所に御仰置。右尼崎森平御世話に成被方或は親類中へ道具衣類書物など各方にかたみとして送り遣し。小子方へは唐本之綱鑑指南五冊。捷録法原四冊。応試賦選一帙。刊本明霞遺稿五冊。御自身御写有之候群籍抄書二冊送り下され候。群籍抄書之儀は平生門弟御下被成候は東坡の詩に自首猶抄書と御座候はは何に存も尤と思ふ事は抄書致し候が。大に学文の益に相成候。夫故古書の鶴林玉露或は輟耕録焦氏筆乗。五雑俎。瑯琊代酔篇の類を抄し置し。最早死之近き身に而入用に無之間。認之へ遣し候間。いつ迠も抄書之業に失念なき様罷る事にてと別。其認に小豆屋（ママ）治右衛門殿并に辰ノ半太右門殿小子に而候。瑯琊代酔篇は小子下され候。残りは両家有之候。牌銘は白翁先生文集に有之候。

白翁田先生挽歌　　西村亮拝

予親炙先生、渇教諭之恩、至厚焉、今茲辛未之冬、先生寝疾、知其将死、自譔碑銘、遺命門人、刻于石、亡幾而易簀、予愴然自失、梁木之歎不啻兵、旦拝謁墓下、毎奉読牘牌銘、懐旧之情、寒於胸臆、如親侍凾丈、面接咳唾、還是長嗟而已、因賦鄙律一章、以伸其爵悒云、

何処招魂不可愛、由来写入楚臣詞、月闇合浦珠還彼、花尽桃源道問誰、縦作修文實地下、寧堪異世隔天涯、厳然墓誌霊如在、転使涙痕無止時

右の記をもって、鴨田白翁の墓碑銘の内、裏面のものは、白翁自らが草したものということが判明したわけだが、近郊都市の一郷校の一介の学者といえども、やはり蔵書に関しては、その全貌は知れないが、唐本を門人方に分けるほどの豊かさはあったことがわかるし、門人たちも蔵書の形見分けには神経をつかった様が窺える。

また、「小豆屋（ママ）」とみえるのは、文化文政の頃ということを考えると、西宮の歌人で山川正宣（まさのぶ）や荒木田久老（あらきだひさおゆ）と交流のあった高橋村成（むらなり）に「小豆島屋」の屋号があるので、その一族の好学の人で、鴨田白翁に

学ぶものがいたのかもしれない。高橋村成が「小豆島屋」と屋号を称したことについては、鷲尾正久「松丘雑筆」（『陳書』第六号、神戸陳書会、昭和十七年五月八日刊、編集兼発行人川嶋右次）に述べられている。

白翁墓碑の右裏碑文の撰が西村亮によることも、西村亮筆写の『白翁先生遺稿』のなかにそのことを細字で亮が書きこんでいることから確認できた。

早野正巳（反求）は、懐徳堂の学者として重きをなした人の一人であるが、西村時彦『懐徳堂考』（大正十四年十一月一日刊、発行所　財団法人懐徳堂記念会）の「二十三、竹山の交遊と門人（学派の分布）」のなかで父の早野仰斎（ぎょうさい）と共にあげられている。次にあげる。

早野仰斎名は辨之、字は士誉、少きより竹山に学べり、家は薬舗なりけるが、其の父来りて我子の学業如何を問ひければ、竹山答へて、子憂ふる勿れ、士誉勤学倦まず、但し商業の為に不適当ならんと云ひしに、父は学問だに成就せば幸なりとて、一意学問せしめたりといふ、果して儒を以て家を成し、懐徳堂に助教たりしも早世したりき、仰斎夙に母を喪ふて父と居り、隠約自ら甘んじて、能く父の志を楽ましめけり、甚だ痩せて衣に勝へざるが如くなりしより、太瘦生と号し、酒を飲むこと算なかりしも、酔へば謚謹みたりといふ、其子橘隧、名正巳、字は子発、義三と称し、又反求を号し、竹山履軒に学びて先業を継ぎ、帷を下して教授せしが、母に事へて、至孝なりき

とあるが、実は、先にあげた西村亮自筆本の三点の内の一点である架蔵本『白翁先生遺稿』と同内容の

ものが、もう一本あるらしく、その一本には早野正巳の序と赤松榮の跋文が備っていたことが、平林徂水氏の「石碑を中心に尼崎を語る」によってわかる。それは次にあげる。

今甲子園豊田精吉氏所有の白翁先生遺稿なる白翁詩集の序文を左に挙ぐれば

白翁詩集序

白色之無色者色而聚色由此而施焉蓋翁之詩不尚浮靡不務藻飾探原于輞川同流干滄浪就一章観之徒見淡々然其清己至其積而成編也如登高望遠景千十里之外焉廓乎其無塵穢也滃乎其含光耀也山巒之気花竹之状風雲烟霞禽鳥上下之態莫不呈奇其間弁是豈非無色而衆色備焉者乎余嘗観翁詩而未見其美焉今而閲斬編乃嘉翁之於詩有不媚於不合於俗之意而奇其以白自号之符其衷也因辨数語於編端以先容乎観者翁者泉人嘗来寓於琴浦以詩鳴也

早野正巳序

文政己卯春

尚ほ右詩集の跋文を次に挙げて置かう

文跋

白翁先生之易簀也同学諸子捜索其遺稿篦底僅有詩数十首諸子憮然相謂曰先生宏才富辞平昔所著豈止于此蓋不以詩賦為意而自焚之也而今所存者特其燼餘耳惜哉但其散失四方者想亦不少請謀纂録焉乃極力収拾片紙無所得矣於是乎不得已編次其所存歌詩以成巻使余題言余曰吁嗟先生詞章之高余一

言不足以為軽重矣然先生之歿距今三年羹墻日久中心是悼其可嘿々焉乎哉吾儕此挙蓋非先生之意也則使先生有知乎恐不免於呵責矣雖然先生令名哉頼此巻以得不朽吾儕執咎所不辞也遂録其語以附于後

文化癸酉冬　　　　赤窠榮　撰

此跋文には赤松氏の落款がある。尚門人として今は序文に見ゆる、早野正巳、詩集本文の冒頭に門人津国、高洲貞之榦・辰馬彰文明・藪田翼子厳の三人。猶跋文の撰文赤松榮の履歴（碑文）の筆者藪(ママ)田元敬の六人外に履歴撰文西村亮の七人を挙げなければならぬであろう。但藪(ママ)田元敬と藪(ママ)田翼とは同一人であるか、或は兄弟であるか目下不明である。

右の文のなかで、早野正巳を鴨田白翁の門人とするのは誤解である。早野正巳は度々尼崎の郷校に出張講義をしていたので、こうした序文も認めたのであろう。

三、『白翁先生遺稿』

榕園西村亮の筆写また自著の一括が近年まとまって売りに出されたのだが、入手することができず、懐徳堂との関わりの深いことがわかっているだけに残念ながら、いまもって披見の機を得ていない。

本稿では、取りあえず、無序、無跋であるが架蔵本を用いて紹介することとする。架蔵本は次の奥書をもっている。

文化丙子冬南至日　蒿水謄

文化丙子は、文化十三年にあたる。有序跋本の早野正巳序文の文政巳卯は文政二年、赤松榮跋文が文化癸酉で文化十年にあたる、この二本の関係については後章で述べることとしたい。

架蔵本の筆写者は、西村亮で、「蒿水(こうすい)」はその字であろうか。終始一筆、勤直な正楷をもって認められており、巻頭一丁表には

白翁先生遺稿

和泉　田維章煥文　著

とあるのみで、有序跋本のように編の門人の名は並んではいない。

はじめ文が集められ、次に七言古詩、五言律詩、五言排律詩、七言律詩、五言絶句、七言絶句の順に編まれている。用紙は、「窯園蔵(ようえんぞう)」の刻柱のある半丁九行の木板刷罫線のもので、処々「榮按」「懿按」といった門人らの自按が書き込まれている。「榮」は、先に出た赤松榮、「懿」は西村亮である。

この『白翁先生遺稿』から、興味深いもの、また資料ともなりそうなものを抜抄して次にあげておくこととしたい。

賀西村退翁六十初度

閬風苑裡煉丹仙、禁方驅疾深通玄、往時此翁入其室、探得玄珠九重淵、微恙何問杏林下、蒦痾頓愈橘井前、起死回生幾経春、今春六十懸弧辰子姪拝趨良讌会、斑衣雙舞膝下新、内集團欒謝家、階庭

白翁先生遺稿

和泉　田維章煥文　著

龢合亭記

鯛屋主人為世業搆成一亭請余標其名余曰和合
哉夫市井中之人槩言之則工商而已而區別其各
所業或相什伯或相千萬主人自幼學易牙之術上
自珍羞奇膳之品下至醯醢脯脩之具割切方正鹽
梅適可從人所嗜好而無所不辨識焉是以其技為
世業者也故會此亭者賓主自外来已乃不與或有

西村亮筆写本『白翁先生遺稿』本文一丁表（架蔵）

蘭玉脱世塵、寿星燦爛徳星赫、箕裘相継日加神嘗聞此地蒼海頭広斥渺茫蘆萩洲、上祖心計李悝術墾闢營築易田疇阡陌封疆正経界、菑畬耕穫年穀收氓黎方来此土著、閭門比屋膏澤流、祖名尊崇為地名、（上祖、名道意、後人号其地、日道意村）村中鎖鑰顕家聲、（一村尊仰比村長、因号其家曰鍵屋）家聲地名人所與、創業永傳子孫榮、嗚呼上祖醫国君醫疾、歴世報応安貞吉、天與善人賜百祥福禄須等地無疆席賓休歌九如頌、豈同尋常祝壽觴

右は、西村家の西村退翁六十初度の言祝ぎであるが、西村家の由来、家号を称するなど、色々と興味深い、西村亮が幼い頃から師と仰いだ白翁と西村家との交流ぶりも窺えるものである。

次は、当時、尼崎の名物であった武庫川での尼崎藩士による砲術の訓練を見物した時のものである。この砲術の訓練は日本国中に知られた高い技術で、松浦静山も『甲子夜話』に記すほどのものであったが、これを花火と人々は呼び、大坂や京都からも見物に多く参集するものだった。これらについては、多田莎平「尼崎藩武庫川の花火」（『上方』尼崎号、五十九号、昭和十年十一月一日刊）があって詳細にその由来や様子、それに関わる文芸作品についてまでがあげられている。鴨田白翁の目には、いかに映ったのであろうか。

砲火行

武庫川上講武場、砲火之術選善良、中選競進家子、英気颯爽場中央、此術由来伝異域、神機妙工不可則、破堅挫銃連城名、長蛇陳勢生羽翼、霹靂一聲盪山川、閃電萬條捲雲煙、鈎戟疆弩何得敵、萬里長城守禦全□（虫損）火狼煙益精工一帯火入雲中雲中爆出煙中物疑見蛟龍将彩虹、須臾煙散紅白練非龍非

虹飄虚空、別有軽騎誇駿逸、馳驅往来報鳩雄両岸群聚萬人歎、夕日没山轉阪觀、空中一発聯珠光、大顆小顆飛燦乱、七政幹運分野清、十日並出聖澤明、流兮為烏周王屋、隕兮為石宋都城、就中最奇地雷砲、一團炎光発激聲、迸走突衝碎萬塊、満地猛火千雷轟火牛勢鶏謀何拙、器機一設陥陳□(虫損)、憶昔鼎足峙立時、阿瞞大軍周郎鏖、勝敗直文赤壁下、火攻神速卒難支、莫道阿奴出下策、孫子五火又奚疑此器此術典型、永戎不虞国以寧、

と花火の美しさや迫力に驚きながらも、儒者らしい感想や解釈が付くのもおもしろい。

美しい景色で名高かった尼崎では、正保から万治の頃に、当時の藩主につかえた鵜飼石斎が尼崎八景の七絶（大阪金城・難波煙寺・堺浦晩晴・尼崎帰帆・初島芦雁・田蓑島月・武庫晴雪・淡路朝霧の八景）をものしているが、文化文政の頃、藩主松平氏は海岸方面に別荘を造営し、風光を楽しんでおり、白翁も藩主の招きに応じて、藩主の別荘である望海樓(ぼうかいろう)に遊ぶことがあった。次の五言律詩五首がその折のものである。

暮春同諸子遊　尼崎侯別荘登望海樓五首

巽位占園囿、乾坤別自開、幽溪通緑水、落花點青苔、
縦飲樽看倒、酣歌興轉催、文王寛政澤、随意此徘徊、

二

觀眺難為水、名園第一樓、四州潮際出、□(虫損)島掌中浮、

何問真人訣、莫非羽客遊、笑侘秦主□(ママ)、循海覓瀛洲、

三

東南臨郊甸、春翠満田疇、亭下高低樹、檻前来往舩、

三津遥接水、丈島近浮煙、遠山如黛色、艶陽落日天、

四

已極登臨目、下階幽邃親、石苔経歳古、庭樹入春新、

偏愛林園色、不留城市塵、吾曹遊賞趣、相対得窺真、

五

偶尋源上蹊、終日此相携、城皷随風報、棲禽繞樹啼、

浴沂求何処、諷詠興応斎、只恐神仙境、再遊路易迷、

学統のよくわからぬ白翁であるが服部仲英を先生と尊称して仲英が没した時に七言律詩を三首つくっている、次がそれである。

哭仲英服先生三首

乍駭斗邉風雨懸、驪龍此夕去深淵、

人間空掛徐君剣、門人長悲宋玉篇、

鶴和哀吟聲寂寞、星流暁漢影凄然、

一従赤水明珠失、月色蒼茫東海天、

二

大嶽降霜梁木傷、陰雲落日恨偏長、
人間豈料金丹液、羽化還裁天錦章、
海内儒宗空絶跡、寰中文献久喪光、
悲哉同賦門生涙、何耐秋聲満白楊、

三

城西嶽色暗亟関、瑞気神僊去不還、
即有侯芭傳大業、何須司馬問名山、
文書閣鎖青氊冷、芳苑花空素月閑、
天上更憑奎壁宿、輝光長自照人間、

服部仲英について『大日本人名辞書』を引くと、「江戸の儒者、名は元雄、多門と称す仲英は其の字、南郭の養子白賁と号す」といった記述と共に、「本と(ママ)西村氏、父は西宮の祝人たり嘗て主祠の貪汚を訴へ反りて其の党の誣る所となりて竟に放遂せられ流落以て死す仲英乃ち江戸に来り三たびの父の冤枉を官に訴へ事始めて弁ずるを得たり遂に舊例に因りて父の霊を以て西宮の祠中に享祀す」といった記事がみえるので、西宮という地縁があってのことかとも、西村氏という名もあるいは西村亮の西村家と縁があってか、また鴨田白翁とも何か深い関わりがあったかと考えられる。というのも、『尼崎藩学史』も、その詳細には到らぬものがあるが、「服部家」の項目が、その本のなかにある。

服部家　服部小山、同元済、同元彰と続いて（尼崎侯に）仕官した服部家は徂徠学派の名門であって、服部小山は南郭より四代目であって、忠栄侯の襲封四年の天保三年（一八三二）に六十五才で卒去してゐるので、仕官に就いては詳でないが、小山殆後七年の天保十年（一八三九）には小山の嫡子である元済、元済の弟の元彰の二人が仕官したのである。

東畡文集に『天保己亥秋。服君応尼崎侯』と録し天保十年の仕官を立証してゐる。

といったことが記されているが、鴨田白翁はあるいは徂徠学派の人であって、服部仲英の頃より尼崎西宮の地を通じて服部家と鴨田白翁は深く関っていたのかもしれないが、これは他の資料から探ねばならないことであろう。

先から引用している平林氏論文に引用の早野正巳序文・赤松榮跋文を有した「甲子園豊田精吉氏所有の」『白翁先生遺稿』は、「跋文には赤松氏の落款がある」とわざわざ記しているので、板本とも写本とも明らかにならぬものの、あるいは写本かと思い、手許にある西村亮筆写本との関係ばかり考えていたのだが、『増補版国書総目録』を引くと、白翁の名のつくものが四点あり、内の

○白翁先生遺稿はくおうせんせいいこう　一冊　㊫漢詩　㊫鴨田維章著、高洲貞等校　㊭文政二序　㊩大阪府

○白翁蔵書目録（はくおうぞうしょもくろく）　二冊　（類）書目　（著）荒砥白翁（武伴）　（写）東北大（自筆）

の二点が漢学関係で見出される。荒砥白翁とは別人なことは明らかであるが、『白翁先生遺稿』に板本があり、その板本に早野正巳文政二年の序文が付されていることがわかった。これで現在所在不明の一本を含めて三本の『白翁先生遺稿』の存在がわかったわけだが、架蔵本が書写年においては板本より成立が古く、板本写しでないことは明らかである。

(8) 高山慶孝について
―付・高山慶孝蔵書目録『慶応二年丙寅秋八月改正　高山氏蔵書目録』―

幕末期の国学者の蔵書目録の幾つかは、翻刻紹介されており、例えば、簗瀬一雄著『本居宣長とその門流』（昭和五十七年九月二十日刊、和泉書院）に所収の村上忠順の購入書控「宝貨記」（同書、一五三〜二二九頁）などは、当時の読書生活の一斑・書林とのやりとりや蔵書管理などが窺えて、様々の点から興味深いものがある。

本稿で紹介するのは、堺の国学者・歌人であった高山慶孝（よしたか）（苞居（ほうきょ））自筆の蔵書目録である。空襲や台風水災などで、残る資料の少ない堺の幕末期から明治初期にかけての、文人活動の中心的存在の一人であった高山慶孝についての研究は、ほとんど無い状態で、わずかに、森川彰氏「小田清雄覚書」の㈢㈦（「すみのえ」通巻190・194、住吉大社）に触れられているのと、『堺市史』（昭和五年六月三十一日刊・復刻昭和四十一年二月一日刊）にあげられているばかりである。

ながく調査を進めるうちに、高山慶孝（苞居）の子孫で結ばれた苞居会の存在を知ったことや、子孫のお一人である猪瀬慶子氏との出会いがあり、ようやく高山慶孝の伝記と著述が少しずつながらも判明しつつあるので、本稿で、資料としてのその一点を紹介すると共に、伝記についても、その青年期まで

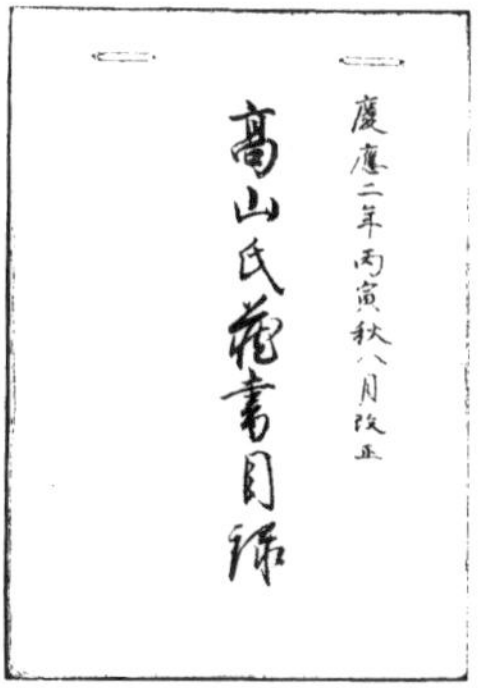

高山慶孝蔵書目録表紙
（架蔵）

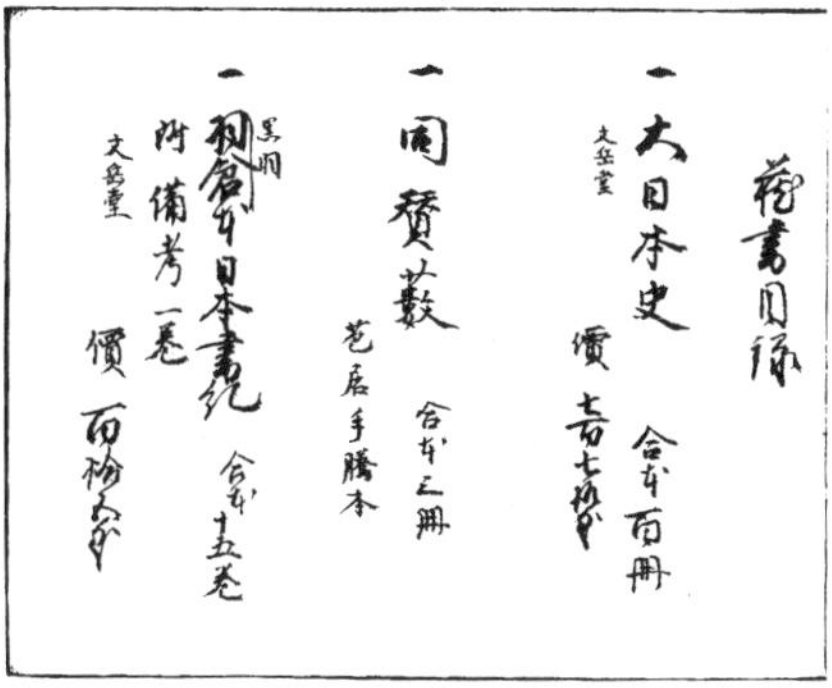

本文一丁表

の若干に触れていきたく思う。

高山慶孝は通称を保次郎、苞居はその号である。天保九年三月十六日、和泉国泉南郡中通村字中正湊の里井孝幹の二男として生まれる。幼名は寛三郎。父の孝幹は勤皇の国学者で大国隆正の門に学ぶ好学の人であった。里井家は富裕な廻船問屋で、孝幹は通称を治右衛門、字を元礼、号を浮丘・快圓・破鼈老人・把香軒・挟芳園・芳海草舎・梅園などとも称した。慶応二年九月十一日没、享年六十八歳。

慶孝も家父の教えを受けて、和漢、また南画にもよく親しんだ。十五歳にして、堺市九間町東一丁の高山家の養子となるに及び、名を保次郎と改める。慶孝は嘉永五年、二十七歳の時、岩崎長世の紹介で平田篤胤没後の門人となり、元治元年の二十九歳で実父の孝幹を失なうため、岩崎長世に専ら就学することとなる。よって、本稿末尾に付した高山慶孝蔵書目録の『慶応二年丙寅秋八月改正　高山氏蔵書目録』は、慶孝の平田学派の学問に専修の頃の蔵書目録といえる。慶応二年は慶孝二十九歳にあたる。

長寿の人で、明治四十年、七十歳で没するまでに、和歌においては、明治三十二年の宮中歌（ママ）御会始の勅題「田家烟」に御撰歌の栄を賜わったり、開化期の国学者らしい著述をものしたり、行政に関わったりするのであるが、それらは別稿に譲ることとしたい。

高山慶孝短冊（架蔵）

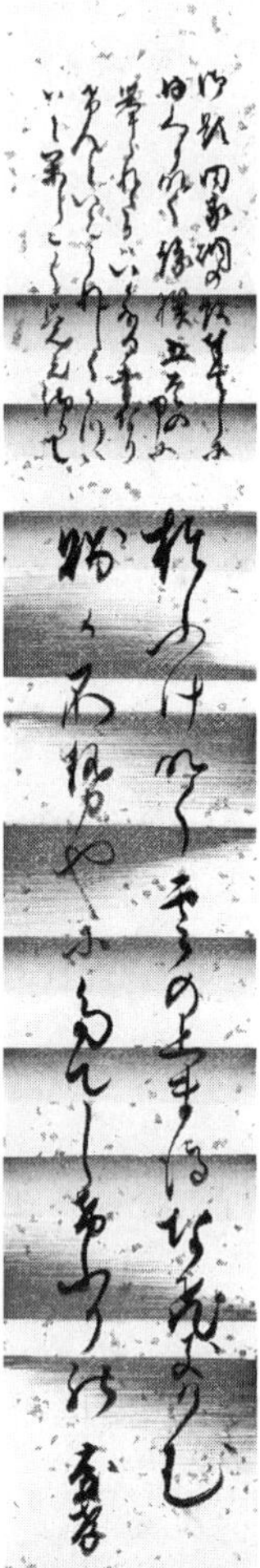

御題田家烟の題奉てしにゆくりなく予撰五首の中に挙られたるは
いかなる幸なりけんといとうれしくかつはいとかしこく覚え侍りて
おふけなく雲の上までなひきけむ賤かふせやにたてしけふりの　慶孝

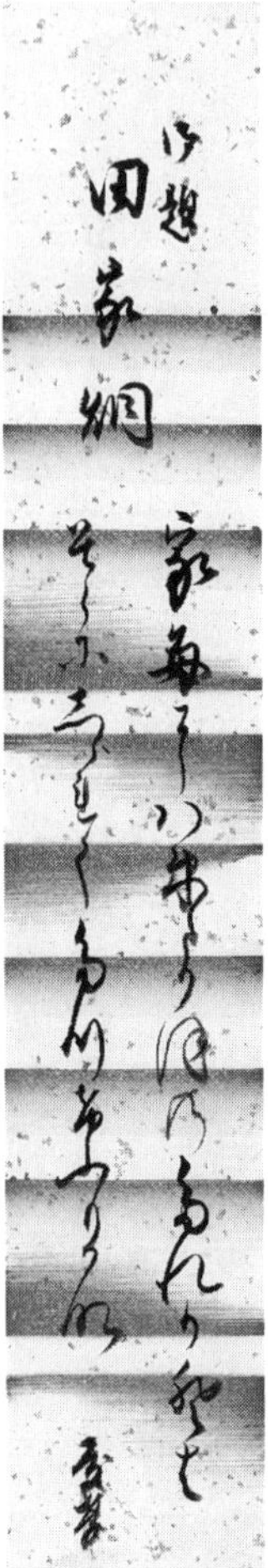

御題田家烟　家毎に八束たりほのたれりとはそらにしられてたつけふりかな　慶孝

別稿にあげることともなろうが、慶孝蔵書目録を一覧するに、かなり早くから、財力に支えられて、蔵書を意識的に系統を立てたうえで集めていることや、数多くの本屋（文岳堂・双鶴堂・鶴屋彦兵衛・秋田屋善助・河内屋久兵衛・具足屋重兵衛・永楽屋東四郎・敦賀屋東兵衛・近江屋平助）を通して購入するだけでなく、小田清雄の手写本を購入したり、南画にも手を染めていたので、画家の魚住荊石（けいせき）を通じて、その分野の本を入手していることなどは堺という大坂の周辺都市の文人学者の姿をみていく上で注目されることである。また中郁氏取次という注記があったり、師の岩崎長世を通じて『古史本辞経』や『古史傳』といった平田学派の書籍を順次刷り立てと共に、高価な出費をいとわず購入していく様が見事によみとれるのも興味深い。

そして、岩崎長世の自著である『神字彙』は献呈されたのであろう「従岩崎氏所贈」と注記が施されている。こうした傾向の明らかな蔵書の蓄積を楽しみつつ、目録に爪印をつけていく若き平田学派の学徒慶孝の生き生きとした姿が浮かぶかのようであるが、蔵書の蓄積は、そのまま慶孝の学績の着実な進歩にもつながるものであったといえよう。

次に慶孝蔵書目録の書誌をあげておくこととする。同様の蔵書目録は、「改正」とあることからみても、何度か、書いては改められたと考えられる。また、同内容のものがあったか、とのことであった。

本稿での紹介の資料は、高山慶孝の子孫の一人である猪瀬慶子氏御架蔵のもので、翻刻許可をいただくだけでなく、その後には贈呈をも賜わったことなど、篤く学恩御礼申しあげる。

〈書誌〉

○所蔵　猪瀬慶子旧蔵（現在・管蔵）

〈書誌〉

○所蔵　猪瀬慶子旧蔵（現在・管蔵）

○書名『慶応二年丙寅秋八月改正　高山氏蔵書目録』

○書型　縦十三・七cm×横十九・一cm（横本大和綴）

○丁数　全四十二丁（表紙一丁・遊紙一丁・本文墨付三十二丁・白七丁・裏表紙一丁）

○全文終始一筆高山慶孝（苞居）自筆

書式などは、処々によって異なるため、極力、翻字するにあたっては、原本に忠実を心がけたが、やむなく次の凡例の如く改めた部分もある。

〈翻刻凡例〉

・用字は極力原本の忠実を心がけたが、現行字体に改めたものもある。

・改行などは、つとめて原本のままを心がけた。

・丁数は「一表」が一丁表、「一裏」が一丁裏をそれぞれ示している。以下、それにならい施している。

〈翻刻〉

慶応二年丙寅秋八月改正

　高山氏蔵書目録　」表紙

（空白）　」遊紙一表

（空白）　」遊紙一裏

蔵書目録

一、大日本史　合本百冊　、

　価　七百七拾匁

一、同賛藪　合本三冊　、

一、羽蔵[黒羽]本日本書紀　苞居手謄本　合本十五巻　、

　附　備考一巻

　文岳堂　価　百拾五匁　」一表

一、八尾板史記評林　合本廿五巻、
　　雙鶴堂　價　百廿五匁
一、萬葉集略解　合本三十二巻、
　　文岳堂　價　金三両
一、三代實録　二巻、
　　同　價　百五拾匁　」一裏
一、文徳實録　十巻、
　　同　價　弐拾八匁
一、後藤点四書　十巻、
　　雙鶴堂　價　金百疋
一、同　五経　十一巻
　　秋善　價　三拾匁
　　つる彦へ佛　」二表
一、春秋左氏傳　合本十五巻、
　　河久　價　金三百疋
一、十八史略　七巻、
　　同　價　金壹歩
一、元明史略　四巻、
　　秋善　價　十一匁五分　」二裏

一、松苗國史略　五巻、
　　鈴木　價　弐拾匁
一、大廣益玉編　十二巻、
　　同　價　金弐百五十疋
一、廣益正字通　薄葉摺壹巻、
　　同　價　金五拾疋　」三表
一、経典餘師　四書十巻　五経之内易七巻　詩経八巻　書経六巻　三十一巻、
　　河久　價　金三百疋
一、小學　四巻、
　　同　價　金五十疋
一、孝経　一巻、
　　同　價銀三匁　」三裏
一、三體詩　薄葉摺本　一巻、
　　秋善　價銀五匁
一、緜(ママ)珠詩格　同前一巻、
　　河久　價金七十五疋
一、佩文斎詠物詩撰　横本前後　四巻、

同　價銀廿五匁」四裏

一、源氏湖月抄　六十冊、

雙鶴堂　價金弐両

一、八代和歌集抄　五十巻、

同　價銀百五匁

一、和漢御詠（ママ）集　弐巻、

内弐本欿本苞居手謄本補之

同　價銀五匁」四裏

一、萬葉考　十巻、

同別記

文岳堂　價金三百疋

一、冠辞考　十巻、

同　價銀三十七匁

一、日本外史　薄葉中本帙入六巻、

同　價金壹両弐歩」五裏

一、古事記　三冊、

具重　價銀十三匁

一、同傳　四十四巻、

附三大考一巻

同　價金六両壹歩

一、消息文例　二巻、

河久　價銀六匁」五裏

一、詞乃咲草　一巻、

同　價銀弐匁

一、詞の玉緒　七巻、

同　價金百疋

一、紐かゞみ　一枚摺枚、

同　價銀弐匁」六表

一、本居三家集　四巻、

鈴木　價金七十五疋

一、古今集遠鏡　中本八巻、

同　價金百疋

一、玉あられ　一巻、

價銀弐匁」六裏

一、詞乃八衢　二巻、

同　價銀五匁

一、同補遺　二巻、

同　價銀五匁

一、玉の小櫛　九巻　、
住弥三　價銀三十五匁　」七表
一、玉鉾百首解　二巻　、
河久　代銀六匁
一、馭戒慨言　四巻　、
永楽屋　代金弐歩
一、字音假字遣　一巻　、
具重　價銀六匁　」七裏
一、漢字三音考　一巻　、
同　價銀四匁三歩
一、直毘能霊　中本一巻　、
同　價銀四匁三歩
一、葛花　二冊　、
同　價銀九匁五歩　」八表
一、鉗狂人　一冊　、
具重　代銀三匁
一、天祖都城辨々　一冊　、
同　代銀三匁
一、源氏手枕　一冊　、
同　代銀三匁　」八裏
一、地名字音轉用例　一巻　、
同　價銀六匁
一、菅笠日記　全本一巻　、
苞居手膽本
一、玉勝間　十五巻　、
中郁氏取次　價二両二朱　」九表
一、歴朝詔詞解　六巻　、
中郁氏取次敦彦　價壹歩三匁
一、祝詞考　三巻　、
同断　價壹歩壹匁
一、国意考　一巻　、
河久　價五疋　」九裏
（白）　」十表
一、古史成文　三巻　、
一、同開題記　四巻　、
一、神代系図　一巻　、
一、古史徴　六巻　、
以上

秋田屋善助此價金二両壹歩

一、古史傳　一帙四巻　、
同　價金壹両弐朱　」十裏

一、同　二帙四巻　、
同　價金壹両弐朱

一、同　三帙四巻　、
浪華岩崎氏　價金三歩一朱　又銀四匁斗

一、同　四帙四巻　、
同　價金三歩一朱　又銀四匁斗　」十一表

一、出定笑語　四巻　、
敦東　價金壹歩　又銀三匁

一、同附録　三巻　、
河久　價金百廿五疋

一、古今妖魅考　三巻　、
同　價金百五十疋　」十一裏

一、玉たすき　初帙五巻　、
秋善　價三百五十疋

一、同　後帙四巻　、
具重　價五十五匁

一、玉能真柱　二巻　、
秋善　價弐百拾四匁　」十二表

一、西籍概論　四巻　、
秋善　價壹歩壹朱

一、神字日文傳　附疑字論一巻具全　二巻　、
代銀廿六匁五分

一、俗神道大意　四巻　、
同　代銀廿七匁　」十二裏

一、伊吹おろし　二巻　、
同　代銀十五匁

一、大秡詞正訓　一帖　、
同　價弐匁

一、毎朝神拝詞記　一帖　、
同　價弐匁八分　」十三表

一、祝詞正訓　一巻　、
具重　價銀拾匁

一、静之石室　二巻　、
同　代銀弐十匁
一、恆道弁　二巻　、
同　價十三匁　」十三裏
一、古學二千文　一巻　、
同　價七匁五分
一、皇國度制考　二冊　、
同　價弐十六匁
一、皇典文彙　三巻　、
同　代十五匁五分　」十四表
一、弘仁歴運（ママ）記考　一冊　、
具重　價十八匁
一、牛頭天王歴（ママ）神弁　一冊　、
岩崎　價銀八匁五分
一、医宗仲景考　一冊　、
同　價銀十二匁　」十四裏
一、大同或問　一巻　、
従岩崎主所被贈也
一、入学問答　一巻　、

従阪上氏被贈物
一、三神山餘攷　一巻　、
苞居手謄本　」十五表
一、古道大意　二巻　、
文岳堂　價銀廿三匁
一、祝詞考　一巻　、
岩崎　價銀七匁斗
一、天柱五岳考　一巻　、
苞居自所寫也　」十五裏
一、鬼神新論　一巻　、
岩崎　價弐十一匁
一、古史本辞経　四巻　、
同　價金三歩一朱
又
一、春秋命歴序致　二巻　、
同　價金百五十疋　」十六表
一、古道太元圖説　一枚摺
一、言㆘立㆖文　同
一、五徳説　同

一、八家論　同
一、古道学神号　同
以上　價
一、神自彙　一巻、
従岩崎氏所贈
一、正保野史　一巻、
價三匁斗」十六裏
一、古史傳　五帙 二巻、
岩崎　價七十六匁
一、同　同末 二巻、
同　價
一、同　六帙初 弐巻、
敦彦　價三歩二朱
一、同　同後 弐巻、
同　價壹両弐歩」十七表
一、神徳略述頌　一巻、
ツルヒコ　壹歩
一、童蒙入學門　一巻、
同　三朱

一、古學二千文　一巻、
同　壹歩一朱
一、稽古要領　一巻、
弐朱」十七裏
一、古史傳　七帙前弐巻
小田　代壹両壹歩
一、同　七帙後弐巻
代壹両壹歩」十八表
一、翻釈名義集　古本 七巻、
秋善　代銀三十六匁
一、五雑俎　合本 八巻、
代銀七拾匁
一、藩翰譜　合本 十二巻、
具重　苞居自所寫也」十八裏
一、捜神記　八巻 代十七匁、
秋善
一、慶応武鑑　四巻 代六十三匁、
双靏堂
一、琅邪代酔篇　廿二巻 代百廿七匁、

具重
一、南陽雑俎　五巻　代三十弐匁、
」十九表
鈴木
一、淮南鴫烈翁　十巻　代三十五匁、
河久
一、醫範提要　一巻　代金五十疋、
具重
一、菅家文章　六巻　代三十匁、
同後草　一巻
同
一、日本外史評　二巻　代十二匁、
」十九裏
敦東
一、萬我能毘禮（まがのひれ）　一巻　五匁、
具重
一、徹口発　一巻　弐匁、
同
一、延喜式神名帳　五冊　代十六匁、
同
一、醫療手引草　中本弐巻　代十匁、

」二十表
河久
一、豊後風土記　一冊　代三匁、
具重
一、肥前風土記　一冊　代三匁、
同
一、常陸風土記　一冊　代七匁、
同
一、出雲風土記　二冊　代七匁弐分、
」二十裏
同
一、新撰字鏡　二巻　代十三匁、
文岳堂
一、和名類聚抄　大本五巻　價三十八匁、
同
一、令義解　十巻　價四十九匁、
同
一、讀史管見　六巻　價一歩二朱、
河久
」二十一表
一、南画要覧　一枚摺　、
一、掌中以呂波韻　折本一巻　價三匁

河久

一、清名家論画集　二巻　價五匁五分、

山中氏

一、甘雨亭叢書　小本 卅二巻　代八十六匁、

秋善

一、文章軌範　六冊　代十九匁、

同　」二十一裏

一、書簡啓叢　一巻　代四匁、

住弥三

一、米菴墨談　前後 六冊　代廿弐匁、

秋善

一、同墨場必携　小本 六巻　代廿五匁五分、

河久

一、先哲叢談　前後合本 九巻　代二歩二朱、」二十二表

同

一、芥子園画傳　一帙 五巻　代三十匁、

具重山水部

一、同　花鳥人物楼 図式一帙六巻　代三十五匁、

河久

一、同書論　一巻　代三匁、

同

一、同譯本　三巻 従里井氏ゟ贈本也、」二十二裏

一、征韓偉略　五巻　金三朱、

鈴木

一、蒙求　三冊　金弐朱、

同

一、和漢年代記　一冊　代二匁二分、

同

一、遊仙窟抄　五巻　代五匁五分、

住弥三

一、落久保物語　四巻　代十五匁、

秋善　」二十三表

一、十竹斎畫譜　二帙 八巻　代金五百文、

魚住荊石

一、書画人物録　二巻　代五匁、

河久

一、元画録　小本 壹巻　代弐匁、

同

一、風月集　秋善　三巻　代九匁　、
一、紫家七論　河久　一巻　代銀三匁　、
一、枕詞補註　同　二巻　價銀三匁　」二十三裏
一、呉竹集　敦東　此本なし贈　前後四巻　價銀十五匁　、
一、歌枕秋寝覚　同　二巻　價銀四匁　、
一、詠史歌集　河久　二巻　代七匁　、
一、消息案文　同　一巻　代銀壹匁　、
一、社友年々集　二巻　代金廿五疋　」二十四表
一、鴨河集三編　双鶴堂　此分若林へつかはす　二巻　代金三朱　、
一、鰒玉集　同　此分人につかはす　初編二編四巻　代金百疋　、

一、和歌心のたね　同　代十一匁五分、
一、遺文集覧　同　薄葉摺一冊　二巻　代七匁　、
一、文苑玉露　同　二巻　代七匁　、
一、題画詩　同　小本二巻　代四匁　」二十四裏
一、同詩刪　同　同二巻　代四匁　、
一、画引十體千字文　同　一巻　代弐匁　、
一、詩楚階梯　同　小本四巻　代五匁　、
一、唐詩撰　同　三巻　代四匁五分　」二十五表
一、同国字解　鈴木　三巻合本一冊　代四匁五分　、

一、詩語砕金　三巻　代六匁　、
同
一、幼学詩韻　三巻　代六匁　、
同
一、閑聖語録　一巻　代金五十疋　、
文岳堂　」二十五裏
一、ますみのかゝみ　弐巻　代金百七十五疋、
同
一、級戸風　三巻　代金百七十五疋、
同　又銀三匁
一、同追風　二巻　代金百疋　、
同　又銀三匁
一、用茶便覧　小本四巻　代金五十疋　、
同
一、唐鑑　大本六巻　金弐百七十五疋
同　つる彦へ佛ふ　」二十六表
一、轉物志　前後四巻　金三朱　、
具重
一、神皇実録　写本一巻　金三朱

秋善　戻し
一、かへしの風弁妄　二巻　金三朱　、
同
一、新撰姓氏録　四巻　金壹歩三朱　、
同
一、群書一覧　中本（マヽ）四巻　金壹歩三朱　、
河久　又弐百銅　」二十六裏
一、舊事記　五巻　金三百疋　、
秋善
一、和字正濫抄　五巻　同百疋位　、
文岳堂
一、竹書記年　二巻　同五十疋　、
河茂
一、皇朝史略　十二巻合本十冊　價
一、同續編　五巻　合而一両二歩
中邨氏取次　」二十七表
一、十三朝紀聞　小本七巻　合而三歩二朱、
一、同附今日誌　二巻合本一冊　又二百孔
双鶴堂

一、枕之草紙　河久　春曙抄　十二巻　三百文　一歩三朱　、
一、唐宦鈔　敦彦　三巻　價弐朱弐分　、
一、本朝人物掌覧（年代）　同　中本二巻　價三朱　、
」二十七裏
一、國語定本　河久　六巻　價三歩二朱　、
一、瀛環志略　同　十巻　價一両三歩三朱、
一、神皇正統記　同　六巻　代二歩三朱　、
一、坤輿圖識　同　七巻　代壹両
」二十八表
一、雲上明覧　都之錦　河久　薄葉一巻　代三朱　、
一、靖献遺言講義　同　二巻　代三朱　、

一、靖献遺言　秋善　一巻　代百疋　、
一、中興鑑言　敦彦　一巻　金壹朱四百文　、
一、大祓執中抄　同　三巻　三歩壹朱　、
」二十八裏
一、南木誌　同　五巻　壹歩二朱
一、神祇後釈　同　弐巻　弐百文　、
一、神事略式　同　一巻　壹歩壹朱　、
」二十九表
一、新論　秋善　弐巻　弐百疋　、
一、回天詩史　同　弐巻　弐百疋　、
一、竹外二十八字詩　双鶴堂　弐巻　百五十疋　、
一、東洞詩抄　中本弐巻　八歩三朱　、

一、十三経注疏　同　四十帙百六十巻　弐箱入　、」二十九裏

一、資治通鑑綱目全書　つる彦　百十七巻　五匁目　、

一、かりの行かひ　近平　一巻　弐朱弐匁　、

一、おくれしかり　同　一巻　弐朱弐匁　、

一、誰肇渕塵餘　つる彦　二巻　弐朱　、」三十表

一、三省録　つる彦　五巻　金弐歩　、

一、近古史談　同　懐中本壹巻　金三歩

一、明倫歌集　文岳堂　一巻　金壹歩弐朱　、

一、小夜時雨　近平　一巻　金三朱　、」三十裏

一、明倫館定點　五経　十一巻　代金三歩弐朱

一、てにをは係辞弁　つる彦　此金壹歩　一巻　、

一、新撰和歌六帖　自小田氏所交易　四巻　、

一、國歌八論　苞居手謄本　一巻　、」三十一表

一、訂正古語拾遺　近平　一冊　、

一、大和路便覧　同　料　一帖　、

一、藐姑射之秘事　苞居手謄本　合本一巻

一、長歌焉の木綿垂　苞居手謄本　合本一巻　、」三十一裏

一、たつかつゑ　三巻　、

一、保元大記　三巻　、

一、源語梯　小本三巻　二朱五百文
一、萬葉用字格　一巻　壹歩弐朱
一、同楢の落葉　五巻　壹両壹朱
五百文
一、雅語訳解　小本一巻　二朱ト
四百五十文
一、古言梯　同壹巻　弐朱ト四百文
一、万葉梯　同弐巻　壹歩弐朱
」三十二表
一、扶桑拾葉集　三十四巻
小田　代金三両
一、縣居集　五巻
代金三歩
」三十二裏
（以下空白七丁）
」三十九裏
」裏表紙

(9) 遠藤千胤「明石の浦月見の記詠草」

―開化期の国学者の紀行―

遠藤千胤は、幕末から明治中期にかけての京都（西京）歌壇の代表的歌人の一人といえる人物で、既に桂園派歌人としての千胤をとらえての論文が兼清正徳著『桂園派歌壇の結成』（昭和六十年四月十日刊、桜楓社）に「桂園派歌人遠藤千胤」として所収である。

同論文によって、千胤の家系および伝記、桂園派としての活躍の大概は知ることができる。また、その交流や師に渡忠秋と竹内享寿（竹中と記したものも見える）があげられており、京都における旧派桂園派の最後の本流の一人と言える人物であることが判明する。しかしながら、まとまった歌集・文集は、上梓をみなかったようで、その歌風の全貌を一覧できぬのは惜しまれるところでもある。

また、竹内享寿が既にそうであったように、千胤も桂園派の流れを汲みながら、歌道と共に文法研究を中心とした北辺門にも心を寄せていたことは明らかで、前出の兼清氏論文にみえる千胤の交流および、千胤評『十六番歌結』（同書四七四頁）に参座の歌人のうち腰山重剛（ちなみに同人の短冊を杉浦重剛としているものがあるが訂せられたい）や中山長雄は、北辺門最後の歌学者であった赤松祐以に、はやくより就いて、和歌と北辺門四具（文法）を学んでいる。

京都における旧派歌人の総結集となった桂宮歌会（『桂宮歌会歌集』明治十八年刊）、明治二十一年四月二十二日の邦光社の大歌会あたりが、明治二十五年五月四日に五十四歳で没した千胤の、歌人としての全盛期であったといえるが、そのことと明治になって、鉄道開通や旅行のより自由になったことなどが重なり、紀行文をよくものしているのも千胤の特色であるといえる。兼清氏の調査によるだけでも次のようなものがあげられている。

○西山花見の記　（明治二年三月三日）
　林重教（しげのり）と同行

○奈良歌行　（明治八年五月四日～五月八日）
　田中教忠（のりただ）・尾崎宍夫（ししお）と同行

○浅草奥山菊見の記　（明治十二年十一月二十日）
　黒田清綱（きよつな）と同行

○梅迺屋（うめのや）に遊ぶの記　（明治十二年十二月二十四日）
　清綱別邸へ星重之（しげゆき）と同行、服部磯子（いそこ）と面会

○香雲紀行　（明治十九年三月三十日～四月三日）
　中川長雄（ながお）・近藤重高（しげたか）・岡村直温（なおはる）と同行

○琵琶湖月見の記　（明治十九年八月十四日～十五日）

○大原紀行
池村邦則・岡村直温・近藤重高・山田良金と同行
（明治二十年十月二十三日）

小出粲・岡村直温・尾崎宍夫と同行

○須磨月見の記
（明治二十一年八月二十三日〜二十五日）
山内芳秋・渋谷国安と同行

○大井川夕涼の記
（年未詳）
尾崎宍夫・須川信行と同行

本稿で紹介するのは、「明石のうらに月みん」の紀行詠草で、巻紙に千胤自筆で認められたものである。『須磨月見の記』（明治二十一年八月二十三日〜二十五日）よりも、以前である明治九年十月一日の旅立ちに始まり、七条大宮から蒸汽車を用いての旅行である。開化期の国学者たちの紀行文の多くは汽車や人力車を利用して、遠路の歌枕を探るもの、南朝や南都の旧跡を訪れるものであるが、本資料もその一つと言えよう。

同行者は、村山松根、尾崎宍夫、斎藤勝威と桂園派の人々で、旅程をあげると、京都を出て、楠公を偲び、生田社、湊川を巡り、須磨、須磨寺に敦盛の青葉の笛を一見し、駒が林から垂水を経て、風光明媚の地、舞子の浜に宿泊している。舞子の地は、その名称のゆかしさもあって、詩情をさらに増すものがあったか、多く詠みこんでいる。書誌は後にあげるが、巻紙一紙継に和歌二十六首と、比較的まとまった体裁と内容の紀行吟といえよう。

ところで、遠藤家は平野屋と称する反物商で、千胤はその次男であったため、早くから家業とは離れて、歌道に専念できたのもその経済力に負うところが大きかったようである。

京都歌壇も、都の東遷によって、はなはだ振わなくなってから、旧派歌人たちは、門流や学派を越えて交流し、歌会を催すようになってくるのが、明治初期から中期にかけてである。それには、既に幕末期から、和歌を学ぶにも複数の師で、しかも学統の異なる師に同時に就く歌人が多くなってきたことや、和歌が、雑俳や歌道、音曲（おんぎょく）などと等しく、遊興的な教養の一つとして、知識人たちに必修ではあるが、もはや新しい時代の真の魅力などは持ちえないとしか感じられなくなっていたことが大きく作用して、他の学問分野に優秀な人材をとられてしまったことなどもあって、ついに遠藤千胤などが、京都歌壇では中心的存在の一人となっていったのであろう。そういった点もありながら、またそうであればこそともいえようが、本稿資料の詠風も、一覧すると、典型的な桂園派末流の作風が並ぶことに気付かされる。

〈書誌〉（架蔵）

○書名　無（仮題「明石の浦月見の記詠草」）

○体裁　巻紙（二紙継）、縦一七・四cm×横一七六・八cm

○全文終始一筆　遠藤千胤自筆

〈翻刻凡例〉

・変体仮名は現行仮名字体に改めた。
・旧体漢字はつとめて現行字体に改めた。
・送り仮名、仮名遣いは原文のままとする。
・改行は原文のままとする。
・仮に和歌の頭に番号を付した。原本にはないものである。

〈翻刻〉

明治九年十月一日なりけん
村山松根尾崎宍夫斎藤
勝威なとの人々にいさなはれて
明石のうらに月みんとて
出たつ七条大宮より蒸
汽車といふものに乗てくたる也けり

1 久かたの月のかつらと思ふまに
みやこの空をはなれける哉

生田社にて

2 淋しさはとはてもしるし津国の
いくたの杜の秋の夕暮

湊川にて

3 隔をはたちきり〱す鳴こゑに
なみたなかるゝ湊川哉

須磨にて

4 津国の須磨のしを風吹こえて
うへ野の真萩移ひにけり

5 いにしへをかけてそしのふすま簾
破るゝまてにあれにける哉

6 須磨のあまの汐なれ衣かよひしも
打わすれてや月をみるらん

7 須磨のうらこし路の山の山水は
なかるゝやかて海に入けり

須磨寺にて

8 須磨てらの秋の夕暮来てみれは

葛のうら葉に風わたる也

9 呉竹の青葉の笛のいにしへの
しらへもむしの音に残りけり

駒か林にて

10 矢たけひの悲しきこゑに聞えけり
こまのはやしの松の秋風

垂水にて

11 妹か髪たるみの野へのしの薄
ふく秋風にみたれける哉

12 夕つく日影さす沖の浪ならて
しろきは浮ふかもめ也けり

ゆく〳〵うたへる

13 今宵寝ん舞子の濱のかり枕
かはさぬ先もなつかしき哉

14 赤裳曳舞子の濱におり立て
ますほの小貝いさや拾はん

15 うら若み靡く舞子の濱つゝみ
ひく手あまたに見えにける哉

16 暮わたるうしろの山の松原を
かへりみすれは月そのほりぬ

舞子の浜にやとる

17 磯ちかく夜月こくらし旅ねする
まくらに楫の音ひゝく也

18 てる月の光に星の影きえて
なみにいさなふ蜑の漁火

19 旅衣とほるしほ風身にしみて
更行夜はの月をみる哉

20 淡路嶋はるかに月の傾きて
紀の遠山そ見えす成行

21 梓弓いまはと沈む月影の
なかはにかゝる沖つしら浪

22 いにし夜に蜑のをさしのかつきあけし

玉ともみゆる波の上の月

明るあした

23 朝ひらき漕出し舟のほの〳〵と
あかしの沖の浪ときえけり

浦月

24 月さゆるあかしの浦のみをつくし
波こそよるのしるし也けれ

嶋月

25 照月のうらみにうへる画嶋こそ
手にとるはかり見えわたりけれ

泊月

26 さすかなる月にたひ寝の浪まくら
聞にもうらを漕めくりつゝ

千胤

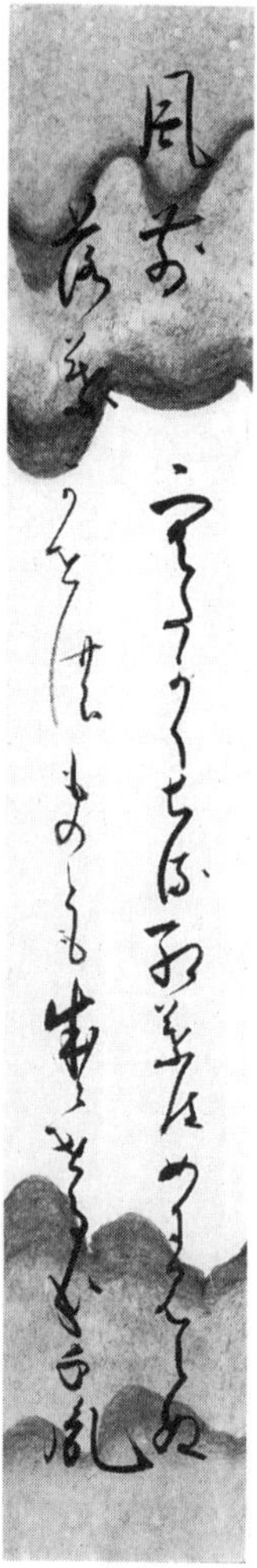

遠藤千胤短冊（架蔵）

風前落葉　空たかくちる紅葉はめに見えぬかせのものとも成にける哉　千胤

⑽ 滋岡家と近世後期大坂雅壇

大阪天満宮の歴代神主を勤めた家は滋岡家であった。今度、その滋岡家の当主に当たられる滋岡長平氏より、武庫川女子大学に貴重な書籍・古文書・短冊・懐紙などの膨大なものをご寄贈いただいた。

永年にわたり大阪天満宮の連歌所と連歌師についての研究に携わってこられた島津忠夫先生と滋岡家のご神縁もあって、ご寄贈いただいた滋岡文書は、島津先生を中心に私や大学院生諸君らと共に整理分類にあたり、『武庫川女子大学附属図書館蔵　滋岡文書目録』（平成十年二月二十六日刊・武庫川女子大学国文学科発行）の出版をみるに至った。

滋岡文書の中心をなすものは、やはり滋岡家の人々による連歌の資料であるが、江戸時代中期から明治・大正時代にわたる和歌・絵画・俳諧の資料にも注目すべきものが多く、まことに一点一点研究対象となるものが少なくない。

特に、文政年間に文芸活動を活発におこなった滋岡長昌（長松）の頃から、大坂（広くは上方）の学芸・文芸の人々にとっては、天満宮の滋岡家は文芸サロンの一角であったことが明らかで、小沢蘆庵・香川景樹・穂井田忠友・香川景柄・足代弘訓・加藤景範・加茂季鷹・八田知紀など桂園派や平安和歌四天王の短冊が滋岡文書のなかから見出される。

また、大坂町年寄で、中島広足の門人として知られる中村元道の短冊に包み紙があり「総年寄中村左近衛門に〈功長より〉こせの松を根出してわたましの祝に歌そへて送りける返し歌なり」の墨書があったり、また、尾崎雅嘉の弟子で、長昌も雅嘉に和歌の添削を受けているが、同じく町年寄であった井辻尚監の短冊の包み紙には「薩摩屋仁平尚監　源八新堀川六月閑夏越祓之夕」「滋岡君のもとへ　桃の実にそへて」と墨書があり、彼ら大坂町年寄の歌人たちのほとんどの資料が幕府瓦解と同時に、その家の衰えと共に消失してしまったなかで、その一点ずつに滋岡家との交流ぶりが窺えて貴重である。大塩平八郎の天保の乱で、灰燼に帰した天満宮を再建したのも、中村元道・井辻尚監ら和歌に心を寄せる町年寄たちであった。

幕末期の和歌資料としては、大坂第一級といってもよいであろう滋岡文書であるが、従来不詳であった人物についての資料が多くあらわれた。

その一点として佐伯真彦の短冊がある。これまで、真彦というと、赤報隊の書記を勤めて、相楽総三と共に国事に奔走したにもかかわらず、思わぬことから偽官軍の汚名を着せられたことで著名な京都の国学者川喜多真彦のことが学者たちの頭にあって、私のみるところが、同名異人による別筆の「真彦」があることと、その人が何者であるかが詳らかでないことを考えていたのであるが、これも滋岡文書の短冊で明らかになったのであった。

「真彦」の署名短冊の裏面に「佐伯真彦通称紀伊国や嘉兵衛といふ京丁堀に住　俗に三星といふ」「は

しめ桜東雄にまなひ後に六人部よし香にしたかふ」とあり、その注目すべきは、幕末の歌人として屈指の存在である桜（佐久良とも）東雄の大坂での有力な門人のことがここで明らかになったことである。六人部是香は、やはり幕末の代表的な国学者で、その門人には真木保臣や物集高見などがいる。また、これも従来知られていないことであるが、平清水清平の短冊の裏面に「平清水清平　八千子兄」と墨書されている。この平清水は冷泉（上冷泉）家の雑掌を勤めていた家で、今、手許にある『雲上明覧大全』（元治元年板）に「雑掌　平清水大蔵」が当主冷泉為理に仕えることとして所載である。これは、さらに調査する必要もあろうが、岸田浩子・管宗次「明治期旧派女流歌人滋岡八千子について」（『武庫川国文』四十五号、平成七年三月十五日発行）の段階では、まったく未知のことであった。

明治期になってから、国学教習所を滋岡家が天満に設けて、後の皇学館の基礎をつくった敷田年治を招いたので、敷田年治自筆のものや、著書・写真など珍しいものがある。その頃の当主、滋岡従長は、好学・風流のひとで漢学は藤沢南岳に学び、漢詩をものして、その草稿も残るが、その本筋は和歌で、和歌結社の松園社を起した。

明治になって、江戸が東京、京都が西京となったが、京の公卿たち、歌人・学者がこぞって東遷したので、京坂の文化が一時に衰えた。そのなかで、桂園派の牙城・中心的存在として松園社は広く日本中に知られ、その指導を御歌所寄人松波資之（遊山）に仰いでいたため、松園社の世評は当時非常に高いものであった。それから、明治・大正・昭和にあって松園社は桂園派・宮中の御歌所派のメッカとなって、その歌人のほとんどの人々の自筆短冊を滋岡家は蔵することになっていた。

例えば、その内からいくつかを例に引くと高崎正風・黒田清綱・小出粲・阪正臣・大口鯛二・税所敦子・植松有経・加藤義清・宮脇義臣・入江為守などなどである。明治期の桂園派を含めた旧派の人々の短冊を網羅しており、勿論、田山花袋に和歌の手ほどきをしたことで知られている松浦辰男の短冊も滋岡文書には含まれている。

滋岡従長没後に、滋岡家とその和歌結社を守った従長の未亡人八千子こそ賢夫人の名にふさわしい女性で、松園社の後継者として役目を見事につとめ、その後夫の遺詠を集めて、昭和三年に従長歌集『松園集』を出版している。その折の原稿・草稿・カード・校正なども今回ご寄贈いただいた文書のなかにふくまれていることをも明記しておきたい。

滋岡従長短冊（武庫川女子大学付属図書館蔵　滋岡文庫）

月前柳　桂川夜更て月のおほろなりやなきのけふり立やそふらん　従長

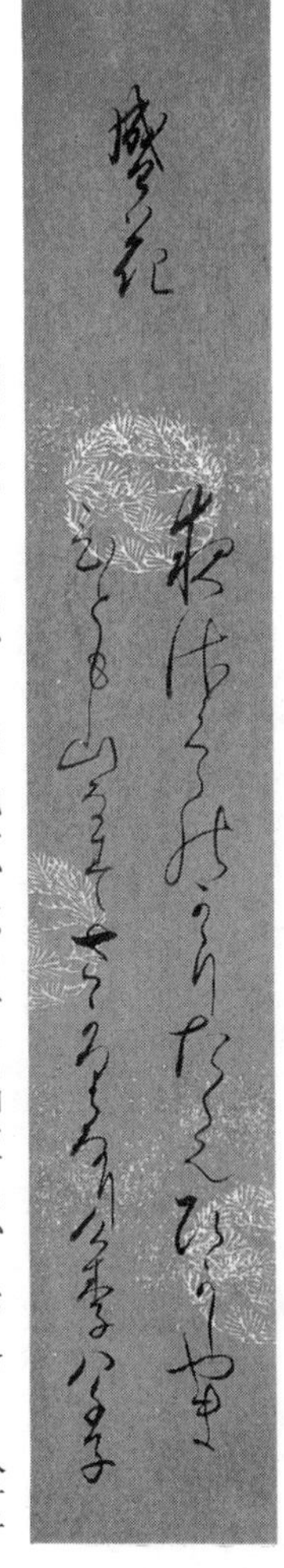

滋岡八千子短冊（武庫川女子大学付属図書館蔵　滋岡文庫）

盛花　夜さくらのかゝりたく也ひかしやまひとも山なすさかりなりけり　八千子

⑾ 天保五年の山口睦斎

山口睦斎、名は之謙、和歌国学には敏樹（俊樹とも）、字を君亨、また南浦とも号したが、他にも藻川の号、聞香舎、寧楽園（奈良曽能とも表記）の室号があり、通称を吉十郎、これは庄屋を勤める山口家代々当主の名乗り名である。天明四年、淡路国福良浦に生まれ、没年不詳で安政六年説（岡本撫山著『浪華人物誌』芸苑叢書本、新見貫次著『淡路書画人物伝』昭和四十五年四月八日刊、私家版）と慶応年間説（片山嘉一郎編『淡路の誇』昭和七年十二月二十五日刊）の二説がある。

和漢の学を兼ねて、幕末期の淡路においては、歌壇・詩壇の中心的存在で、国学漢学の二方面に著述を残している。また、頼山陽に漢学を、和歌を在京の江戸派国学者大江広海、国学を大国隆正に学んだ睦斎は、阿波・淡路の両国に多くの門人を有し、京大坂と阿淡の学問交流の掛橋となった人物でもある。

既に、管宗次・郡俊明共編著『安政丁巳浪華尚歯会記と山口睦斎』（上方文庫1、昭和六十一年三月二十日刊、和泉書院）として、その若干をまとめたが、書の上梓を機に次々と新資料の発見が相続いており、それらはまとめて郡俊明氏によって発表される予定でもある。また、最近月並歌会の社中歌稿とおぼしきものが見出され、架蔵となったので、ここに紹介することとする。薄冊、表紙共で、わずか五丁のものであるが、資料的価値の高いものとして翻刻も末尾にあげておく。本資料は、次の点に資料的価値が存するといえよう。

一、山口睦斎（敏樹）の自筆であること。

二、年記が明記されていること。

三、社中メンバーの内、人物が判明する者があること。

四、睦斎（敏樹）の社中の実体と歌風との一斑が明らかとなること。

郡俊明氏による「山口睦斎年譜」（『安政丁巳浪華尚歯会記と山口睦斎』一〇六頁～一三四頁）があるため、本資料（無題のため、仮題として『天保五年卯月五日月並歌会』と以後よぶことにする）にあたる天保五年を引くと、

天保五年　甲午（一八三四）〔五十歳〕

○この年三月二十五日、鈴木重胤が睦斎の許を訪れ、詠草の添削をうける。

◉この年六月二十三日、大江広海没する。広海は、村田春海の門に学び、睦斎の和歌国学の師であった。

○『鰒玉集作者姓名録』刊、二十六丁裏に睦斎所載。

敏樹　淡路二（ママ）原郡福良作繁樹誤山口吉十郎

○この年八月、『両郡村庄屋名面帳』成立、睦斎所載。

福良浦庄屋　山口吉十郎

（『三原郡史』一〇八八頁）

（三宅進氏「淡路の庄屋」社団法人大阪淡友会編『淡路の歴史』昭和五十二年四月十日刊）

この頃より睦斎は、大坂に出て学問に専念するようになる。

とあって、やはり山口睦斎の伝記研究と歌風研究からは注目すべき年といえよう。

京大坂では、数少ない江戸派の歌人であった大江広海であるが、京都では堂上派（とうしょうは）、桂園派（けいえんは）、鈴屋門（すずのやもん）、そして北辺門（きたのへもん）と百花繚乱たる時代を迎えていたこの時期の歌壇では、勢力拡張はなかなか容易なことではなかったようである。大江戸風の歌風や社中運営が好まれたのは、海運によって、遠隔地でありながらも、江戸との結び付きの強かった兵庫、西宮、また阿波、淡路の諸都市であった。これは別稿をもって述べることとしたいが、大江広海については森友見「大江広海―在京の江戸派歌人―」（「羽衣国文」五号、平成三年十一月一日刊、羽衣学園短期大学）があり、広海と西宮・阿淡の門人たちの結社については拙稿「資料収集・個人と図書館」（「季刊食」No.42、一九九一年十二月十五日刊、ケンショク「食」資料室）のなかで少しく既に触れている。すなわち、大江広海は桂園派とは特に相いれぬ立場であったらしく、香川景樹の『百首異見』をめぐっての確執があったことがわかっており、香川景樹自ら次のように述べている。

或人きたりて悪態異見といふ文をとうてて、こは都に名ある広海翁と申すが此ころそこの物給ひし百首異見につきてかゝれたるなり。いまだ見たまはずは見給へと云。其名はきたなげなれど侮りにくきこゝちしてやをら抜き見るにかの百首の上にはさら〳〵あつからず。只景樹が心のよからぬふるまひの見ぐるしきかつは家のまとしきなど、くま〳〵あなくり興しざれ言に書きあらはせるなりけり。いかでかくまではといとねたくかつかたはら痛きものからともによみをへたる折しも、つくしよりの使有、其中にある何かしか初ておくりたる文に異見の事を挙ていはく此年頃その上をばそしりがちに過し侍りしか。此百首の註釈にこそふかく感伏し侍れ。就中これ〳〵の数首殊更におぼえ侍り。千歳の後師を得て始めて此歌の心世にあらはれたらんにはかの作者のみたまもいか斗嬉しとか思しけんなどかきつらねたり。其みたまはいさしらず。まづおのれ嬉しくて是見給へ。かくもいふ人あるはとさしむけてほこるめるは、忽日頃にたかへりとて共にわらひて扨よめりし歌

いつ迄か誉るをきけば嬉しくて誹るを聞は悲しかるらん

世の中をよしとあしとに障りつゝ難波のえ社漕も離れぬ

（久松潜一著『賀茂真淵　香川景樹―歴代歌人研究―』9。昭和十三年十二月二十日刊、厚生閣）

ここでは、大江広海について詳細に述べることをしないので、略述するが、右の如き資料もあって、広海の歌風であるところの大江戸風は、京都の一門流であったにすぎず、桂園派とは軋轢を生じたこともあって、あらゆる学問、芸道がそうであるように、都市近郊、また地方都市への出張、出稽古をはじめ、季節なり周期を定めて、門人獲得と勢力拡張のため、大江広海も熱心に出張に取り組んでいる。

その一つのルートは、大坂まで京から下り、西宮に至り、西宮の神官家である吉井家にまず腰を下ろし、灘・西宮・尼崎あたりの門人を集めて、歌会を催す、続けて西宮より海路をたどり淡路にて社中一座を組み淡路一国の門人の結集を図り、さらに淡路の門人たちに送られて阿波へと渡り、そこを最終目的地として歌会を催していた。毎年、定期に催されていた一大イベントらしく、狂歌においても六樹園(りくじゅえん)の門人が多くあり、六樹園傍系も含めるとかなりの数にのぼる人があり、阿波淡路の文人たちにとって、江戸の匂いは慕しく、村田春海という江戸派国学巨魁の直門を誇る広海の地方出張は、毎年待ち焦がれた門人たちの歓待を受けた。やはり、海路をもって大坂のみならず、江戸と強い経済交流が生れ、それが文化交流や文化伝播をもたらしたことの意味は大きい。そして、阿淡という地域の近世後期における文化特殊性を考える上での意義も深い。勿論、本藩阿波藩と、家老で支藩の淡路稲田家による二国の往来ということも当時のことを考えるなかでは必要であろう。

　この大江広海の有力門人であった山口睦斎は、阿波・淡路での広海社中の運営の中心的存在であったことは、淡路文化資料館蔵本『大江広海大人四拾番歌合』でも明らかであるが、本稿に紹介する社中歌集は、社中参座の人に、阿波の人を確認でき、先述の如く、天保五年六月二十三日に大江広海が没するのだが、その天保五年四月の年記を有しており、折しも山口睦斎が歌人として、ようやく、自らの社中運営を本格化し、独自の学風と歌風を確立せんとする時のものにあたる。さらに、大坂に家塾である聞(ぶん)香舎塾(こうしゃじゅく)を開こうと意を決するのも、この頃からかと考えられている。すなわち、世代交代の時にあたり、睦斎が広海の遺弟たちをほぼ自らの社中の傘下のなかに収めていこうとする時期の資料であり、繰り返し述べるが、その時期の歌風を知ることができるものといえる。睦斎が着実に自分の勢力を伸ばしはじめる頃ともいえよう。

では、次にこの『天保五年卯月五日月並歌会』について述べることとしたい。同社中歌集の参座メンバーは全員で十二名で次にその名を列記する。下にあげた数字は、その歌数、右にあげたのは題である。

歌人名	（待時鳥）	（庭新樹）	（牡丹）	計
貞尚	1	1	1	3
隆林	1	1	1	3
伴高	1	1	1	3
尹尚	1	1	1	3
元之	1	1	1	3
政純	1	1	1	3
里宇	1			1
知竟	1	1		2
経一	1			1
敏樹	1	1	1	3

理通	1	1	2
知順		1	1
合計			28

右の中で、はっきりと人物の確定できるのは、「隆林」で、『和学物総覧』にも

1117山本隆林（タカシゲ）　称民助　阿波徳島　嘉永三・三・五、
72冷泉為則『阿波人物志』(246)

と見えている。藤井喬著『阿波人物志』（昭和四十八年八月一日刊）は簡にして明、よくその要を得ているので、次にその項目をあげることとする。

山本隆林　やまもとりゅうりん（一七七九〜一八五〇）歌人。通称は民助。徳島市東富田町の人。安永八年生れ。京都にゆき、冷泉為則に和歌を学び、数年研究し、奥義を究めた。嘉永三年三月五日歿、年七十二。（阿波書画、文人）

また、他には、「伴高」とある人物は、次の人物と縁続きかと思われる。『和学者総覧』には次の如く載り、

10005三輪伴蔭（トモカゲ）　称介一郎　名千足・伴広・友蔭
号進木舎　阿波徳島　明治15・11・27
77　小出清音・本居内遠

徳島藩倍臣、大麻比古神社祠官
『阿波人物志』(220)

『阿波人物志』には、次の如く載る

三輪伴蔭　みわともかげ(一八〇八～一八八三)神宮。国学家。歌人。通称は介(助)一郎。号は伴蔭、伴広、友蔭。徳島市福島町の仁尾氏の邸内に住んだ。文化五年生れ。藩の中老仁尾(益田)内膳の臣。国学、和歌を小出清音に学び、又嘉永四年、本居内遠に入門した。明治二年、勢見の金刀比羅神社の祠官となり、寺島本町に移り住んだ。次いで、大滝山の春日神社の祠官となった。明治十二年、板野郡の大麻比古神社の神官となり、十六年歿、年七十六。〈をとめらがははこつむ野の春風に吹かれてちちと啼く雲雀哉〉(本居、文明、名鑑)

というもので、三輪伴蔭が師とする小出清音は、大江広海の弟子なのである。この時期になると、弟子が他派、他流とも交流することを嫌う師匠はむしろ少なくなっており、複数の師匠に入門することは、金銭的ゆとりさえあれば、いつでも自由に行われていることであった。よって、このあたりの人物の縁続きかとも類推するのであるが、これについては他の社中のメンバーのことも含めてさらに追究したく思っている。

次に、『天保五年卯月五日月並歌会』の書誌と、凡例をあげて、続けて翻刻をあげておくこととする。

〈書誌〉

○書名　無題、（仮題として『天保五年卯月五日月並歌会』とする。）

○体裁　大和綴、袋綴、縦二十四・一cm×横十六・五cm

○丁数　表紙一丁、本文三丁、裏表紙一丁・計五丁（墨付三丁、白二丁）

○付　　蔵印無、山口睦斎（敏樹）自筆浄稿

〈翻刻凡例〉

・改行・配字は極力原本に忠実を心がけた。

・仮名遣いは原文のままとした。

・漢字の異体字・旧字体は現行字体に改めた。

・変体仮名は現行字体に改めた。

・送り仮名は原文のままとした。

・各和歌に番号を施すこととした。

〈翻刻〉

（空白）　　　　」表紙表

（空白）　　　　」表紙裏

待時鳥　天保五年卯月五日之会

1、根にかへるはなの梢のあと、ひてまたきになのれ山ほと、きす　貞尚
2、聞初しこそのためしをちきらねとまつにかひあれ山ほと、きす　隆林
3、おもひわひかりねの床の夢にたに忍ねきかせ山ほと、きす　伴高
4、ほと、きす此夕暮てまたれける契りは置ぬはつ音なからも　尹尚
5、なへて世にまつらん物をほと、きすき、しと人の伝たにもなし　元之
6、待わひてまとろむよはの夢にさへなと時鳥声のつれなき　政純
7、小夜衣かへしてやねん時鳥夢にもこゑの聞まほしさに　里宇
8、なほさりにまちもたゆまはほと、きすまたき初音やき、もらすらん　知竟
9、月にまち雨にもまちてほと、きすいつをかきりのつらさなるらん　経一
10、ほと、きすおのか初音は程遠し忍音もらせ此ころの空（五月）　敏樹

」本文一丁表

庭新樹

11、うつし植し庭のかきねの若緑木高からぬそいと、涼しき　理通
12、今よりも秋のにしきそおもひやる庭の楓の若葉さす蔭　政純
13、若葉さす若木のさくら若楓みとりさか行庭そす、しき　知竟
14、うつし植し庭の木ことの若みとり茂るにしるき君の行すゑ　元之

」本文一丁裏

15、庭もせよ咲にし花の面影も見えて桜の若葉さすかけ　尹尚
16、いつしかと庭の木立も茂りあひてみとり涼しくさかえ行らん　隆林
17、庭の面は茂りもゆくか夏木立もりくる月の影うときまて　隆林
18、夕月ももらぬはかりに玉かしは葉ひろに庭の陰しけりゆく　貞尚
19、きのふけふ夏来にけりと思ふ間に庭の梢は月もゝらしな　敏樹　」本文二丁表

牡丹

20、たちなれて友とそめつるふかみ草ふかき色香のうつろはぬ間は　貞尚
21、朝露も光りをそへてさき出るからくれなゐに色深みくさ　隆林
22、さきそひてなかめもいと、深みくさいつをかきりの色香なるらん　伴高
23、をく露のひかりをそへてはつかくさかさなる花の色そふりせぬ　尹尚
24、千代ふともいろ香忘れぬ草の名をたれかはつかといひろめにけん　元之
25、さらぬたにあかぬ心のふかみくさなを夕はへのいろを見すらん　知順　」本文二丁裏
26、色にかに染るこゝろのふかみくさ花より後もえやは手折ん　政純
27、色ふかみあかぬ心にわすれてはこの廿日くさちるをしそおもふ　理通
28、咲いてゝ色もにほひも深みくさふかくめてつゝ袖にそめはや　敏樹　」本文三丁表

（空白）　」本文三丁裏

⑿『黄門定家卿六百五拾年祭歌集』について

一、はじめに

阿仏尼の『十六夜日記』にも

> さてもまた、集をえらぶ人はためしおほかれど、ふたたび勅をうけて、世々にきこえあげたるは、たぐひなほありがたくやありけん。そのあとにしもたづさはりて、みたりのをのこご共、もゝちの歌のふるほぐどもを、いかなるえにかありけん、あづかりもたることあれど、道をたすけよ、子をはぐくめ、後の世をとへとて、ふかきちぎりをむすびおかれし細川のながれも、

とあがる冷泉家の荘園、細川荘では、明治の御世になっても「かの御家（冷泉家）につかへし人のながれ今もなほ連綿として十二戸」があった。

その十二戸の当主と冷泉家旧菩提所の大雄寺の住職が中心となり、大雄寺（兵庫県播磨国美嚢郡細川村之内桃津村）にて藤原定家六百五十年祭を執行している。特に明治二十五年陰暦八月十七日（太陽暦十月七日）。その折には冷泉家当主の冷泉為紀（れいぜいためもと）また同族の藤谷為寛（ふじたにためひろ）と冷泉家家令の平清水清平（ひらしみずきよひら）が同席し、祭典が催しされると共に歌会ももたれ、また全国から細川の荘に因み、「寄川懐旧」の題で和歌が寄せられて歌集が一冊編まれた。

明治期における旧派の様々な活動や歌集の上梓があるなかで、播磨の地方歌人が冷泉家を中心とする京都（西京）の歌人たちとつながりを持とうとしていたことも興味深いが、和歌を寄せた歌人のなかには後にあげるが、入江為守（いりえためもり）・金子元臣（かねこもとおみ）のような次の世代を担うような旧派の若手と共に中西石陰（なかにしせきいん）や尾崎（おざき）宍夫（ししお）・有賀長隣（あるがちょうりん）・山田淳子（やまだあつこ）・橋村淳風（はしむらきよかぜ）のような旧幕時代からの旧派の重鎮が顔を揃えているのも、歌聖ともいうべき定家卿の年祭ということがあるのであろう。しかし、なによりも興味深いのは、やはり冷泉家家臣と称する家が十戸あって、それらが歌集上梓の中心となったということである。

上梓された歌集自体は和装（大和綴）活字版で全丁数二十六丁という片々たるものであるが、刷り表紙（裏表紙）という瀟洒な体裁の愛すべき小冊である。表紙には暗緑色で下り藤とカタバミを刷り出している。

二、『黄門定家卿六百五拾年祭歌集』

序文をはじめにあげて、『黄門定家卿六百五拾年祭歌集』を紹介していくこととしたい。

寄川懐旧歌序

本に報い始に反る心うすきは人にあらじ友を撰はゝすへからくこの心あつきを撰ふへし事をゆたね
はすへからくこの心あつきにゆたぬへしこの心薄からんものいかてか偽らさらむいかてかぬすまさ
らむましていかてか国を憂へむいかてか君をおもはむいける人にあつきはなほ名聞のきらひやあら

んなき君にあつきを見てそまことにこのこゝろふかさはしられけるこゝにかの汝か月明かなりとさとされ給ひし歌のはかせの御家に道をたすけよ子をはくゝめ後の世をとへとてふかき契を結ひおきたまひける細川の荘にはかの御家につかへし人のながれ今もなほ連綿として十二戸あり又大雄寺といふ寺もありその住持順応大徳も十二戸のぬしたちもいつれも本に報い始にかへるこゝろあつき人人にてかのあきらかなりし月の御かけをしのひ年年御あととふらひまゐらせるか去年はあたかも六百五十年にあたれりしかはわきておこそかなるみのりをおこなひ川によする懐旧といふ題にて世のうた人たちのたむけをさへそゝのかされけりさていと多くつとひにけるをこたひすりまきにしてよみ人たちは更なりひろく世にもわかたんとせらるそのこゝろさします〳〵厚しといふへしかの君の清きなかれをくみたまへる三位伯爵のとの一日わかふせいほにいりきましゝついてにかゝる事ありとかたり給ひておのれにかのうたまきのはしかきをあとらへたまひきおのれまたその巻を見ねともこの事おもひ起されし人々のこゝろさしのいとめてたくこととあらんをりは君のため国のためちからをつくさむ人たちなるへく友とたのみ事をゆたねんにうしろやすき人たちなるへくおもはれつゝすゝろゆかしきあまりにえもいなみあへすおもひよるまゝをはしりかきにかきつけて責をふさけるになむ時は明治廿六年の梅のかをり月おほろなる夜

大江正臣

播磨国美嚢郡細川の庄桃津村桃嶽山大雄寺は冷泉家の旧菩提所にして同村に旧臣十貳戸現存せり

這回黄門定家卿の六百五十年祭執行に付左の儀式を以てせり

祭典儀式次第

明治廿五年陰暦八月十六日従三位伯爵冷泉為紀殿正五位子爵藤谷為寛殿家令平清水清平殿到着

十七日午前八時俊成卿定家卿両神殿再造ニ付正遷宮式

祝詞

此乃御社乎祓清米氏奉鎮奉令坐志掛巻毛畏伎我祖俊成卿復定家卿二柱乃御霊乃大前爾末裔従三位伯爵為紀恐美恐美毛白久此度是乃大雄寺爾参拝志序乃随住職寀本順応法師伊己為紀爾誂氏大御霊乎奉鎮止氏與乞白爾依氏頓爾諾氏遷奉令坐奉状乎平久安久聞食氏御心穏鎮給比此村内乃人等波更那里大雄寺乎毛守給比氏千代常盤爾鎮里給辺止奉御酒御饌乎聞食氏過犯事乃有乎婆見直志聴直志給氏為紀我一族乃家家乎毛恵給比我歌道乃栄行辺久幸給辺止鵜自物頸根衝抜氏恐美恐美毛白

明治廿五年八月十七日　太陽暦十月七日同日午后二時大雄寺法堂霊前に於て披講式本法執行　読師従三位伯爵冷泉為紀殿

発声正五位子爵藤谷為寛殿　講師平清水清平殿　して(ママ)旧城跡参拝詠歌あり

秋日京極殿霊前詠三首歌

従三位伯爵為紀

山霞　打かすむ桃津のやまははるふかみ松のみとりも色そひにけり

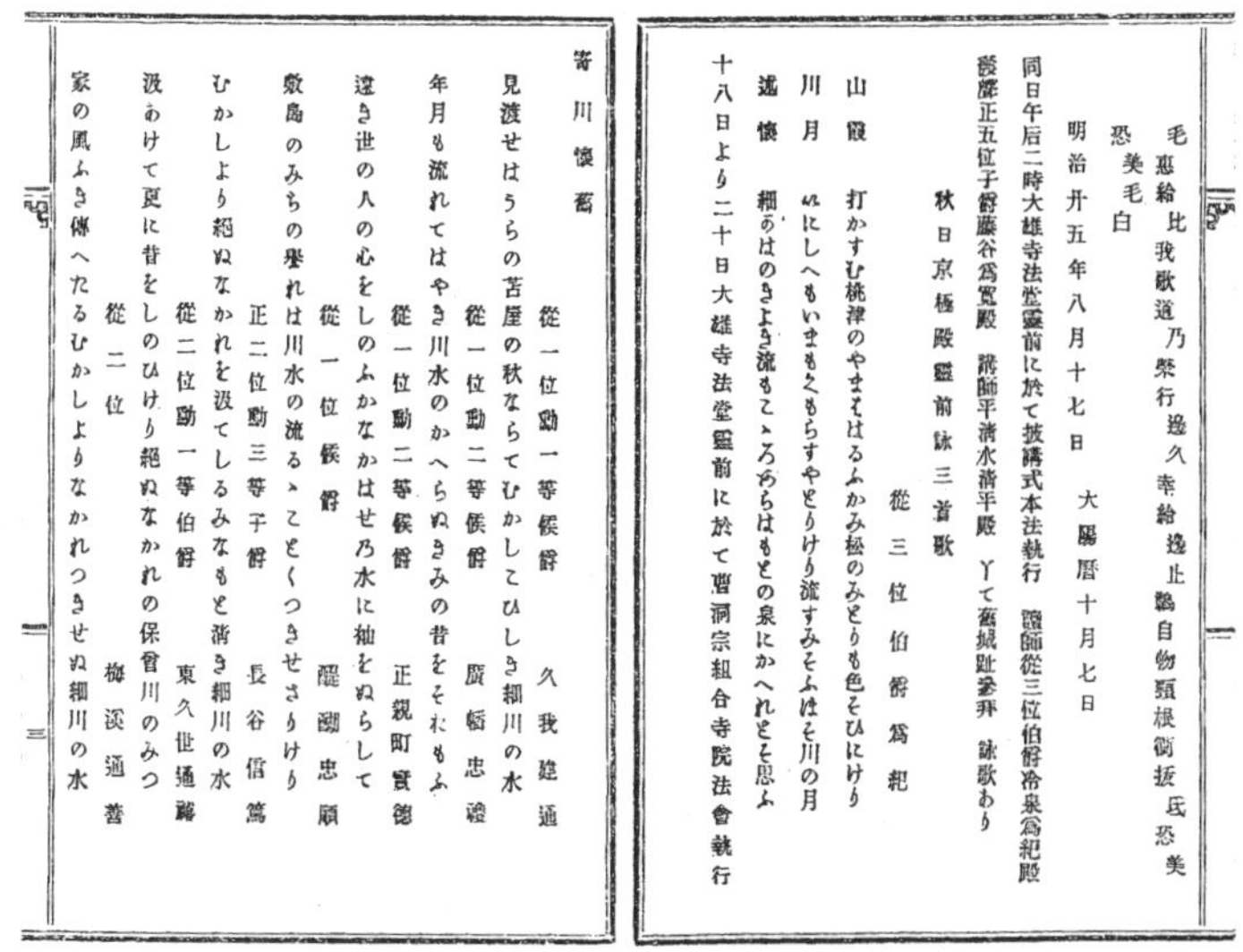

毛恵給比我歌道乃榮行遙久幸給邊止鵜自物頸根衝抜氏恐美
恐美毛白

明治廾五年八月十七日　大陽暦十月七日

同日午后二時大雄寺法堂靈前に於て披講式本法執行　讀師従三位伯爵冷泉爲紀殿
發聲正五位子爵藤谷爲寛殿　講師平清水清平殿　了て舊城趾參拜　詠歌あり

秋日京極殿靈前詠三首歌

従三位伯爵爲紀

山霞　打かすむ桃律のやまそはるふかみ松のみどりも色そひにけり

川月　いにしへもいまもくもらすやどりけり流すみそふほそ川の月

述懐　細かはのきよき流もこゝろあらはもとの泉にかへれとそ思ふ

十八日より二十日大雄寺法堂靈前に於て曹洞宗組合寺院法會執行

寄川懐舊

従一位勲一等侯爵　久我建通
見渡せはうらの苫屋の秋ならてむかしこひしき細川の水

従一位勲二等侯爵　廣幡忠禮
年月も流れてはやき川水のかへらぬきみの昔をそおもふ

従一位勲二等侯爵　正親町實德
遠き世の人の心をしのふかなかはせ乃水に袖をぬらして

従一位侯爵　醍醐忠順
敷島のみちの榮れは川水の流るゝことくつきせさりけり

正二位勲三等子爵　長谷信篤
むかしより絶ぬなかれを汲てしるみなもと清き細川の水

従二位勲一等伯爵　東久世通禧
汲わけて更に昔をしのひけり絶ぬなかれの保曾川のみつ

従二位　梅溪通善
家の風ふき傳へたるむかしよりなかれつきせぬ細川の水

『黄門定家卿六百五拾年祭歌集』本文三丁表

『黄門定家卿六百五拾年祭歌集』表紙（架蔵）

山川　いにしへもいまもくもらすやとりけり流すみそふほそ川の月

述懐　細かはのきよき流もこゝろあらはもとの泉にかへれとそ思ふ

十八日より二十日大雄寺法堂霊前に於て曹洞宗組合寺院法会執行

序文に続けて、祭典の祝詞と式次第が合計二丁にわたって巻頭にあげられている部分を全文あげた。三丁から六丁までは旧堂上衆（明治の御代の華族を中心とする、華族でない歌人も含まれている）を中心とした人々の和歌が一人二行ずつの配列で五十三名（五十三首）、七丁からは地域別に

東京之部　六十七人（六十七首）

西京之部　四十人（四十首）

大阪之部　二十四人（二十四首）

とあって、あとは山城（愛宕郡・乙訓郡……）大和・河内・摂津・伊勢・尾張・三河・遠江・駿河・甲斐・伊豆・相模・武蔵・上総・近江・飛騨・信濃・上野・下野・岩代・陸前・陸中・羽後・若狭・越前・越後・丹波・因幡であわせて百八十八人（百八十八首）、続けて播磨となって御当地となるが、さすがに多くの和歌を集めており、六十三人（六十三首）また美作・備前・備後・周防・長門・紀伊・淡路・伊予・肥後・膽振（室蘭港）五十一人（五十一首）、末尾に冷泉家家臣と称する「桃津村旧臣」が十人（十首）、補助員二人（二首）、発起人四人（四首）までで和歌（短歌）、次に長歌が四首、唱歌一首、漢詩十五首でこれらはみな「寄川懐旧」を題として詠まれている。そして巻末に「歌集の成れるをよろ

こひて」として長歌一首、短歌三首があがり、「補助員」として次の人々の名が列記されている。宇田淵・近藤芳介・中西常磐・中西石陰・尾崎宍夫・菱田孝祺・大杉誠司・弾琴緒・山田淳子・江刺恒久・橋村淳風・太郎館季賢・岡田惟平・近藤松花・片岡正占・大森知足・大藪文雄・岡本真毘等・朝原文吾・照本勇雄・八木美之

ここまでで二十四丁で残り二丁は玉串料として、所収の和歌の歌人から集金したことがわかる芳名録があって、各々一円から五銭の納金をしたことが各々の氏名の上に記されている。そして、正誤表が付き、奥付刊記となっている。次に刊記をあげる。

明治廿六年五月印刷　非売品

代謄写印刷

兵庫県播磨国美嚢郡細川村之内桃津村

冷泉旧菩提所大雄寺住職

編輯兼発行人　窠本順応

同県同国同郡同村之内同村

同　田村幾治郎

同県同国同郡口吉川村之内大嶋村

同　稲見俊春

同県同国同郡細川村之内垂穂村
印刷人　　　小原英弐

三、冷泉家ゆかりの人々と所載歌人

『黄門定家卿六百五拾年祭歌集』より、冷泉家の（また一族）の人々の和歌を抜抄すると次の如くである。

忍はれし心もふかき細川のなかるゝ水やなみたなりけり　　冷泉道子
なき人のかたみの月の影すみてなかれつきせぬ細川の水　　仝　眉延子
ほそ川のなかれにうつる月かけは昔の人のかたみなり鳧　　仝　章子
細川の清きなかれをきてみれはむかしの人の心にそすむ　　仝　永子
なつかしき昔の人の結ひたるなかれつきせぬほそ川の水　　仝　邦子
つたへきくその細川の水清くなかれ久しき世々の言の葉　　仝　瀧子
みなもとの清きを今もしのふなりほまれを流す細川の水　　従五位子爵　入江為守
忍ふその昔ししられて今もなほ名こそ流るれほそ川の水　　正五位子爵　藤谷為寛
年ことになかれを汲し細川のむかしおもへは袖もぬれ鳧　　従三位伯爵　冷泉為紀
細川のみなかみ遠くなき人をしのふ廿日の月もすみけり　　正四位　冷泉為柔

次に、集中より重だった歌人とその和歌を抜抄することとしたい。

細川の水を汲てもしのふかな世にあふれたる和歌の浦波　渡辺重石丸
細川のその源のきよけれはなかれての世も濁らさりけり　黒川真道
なみなみならぬ其ことの葉は川水の末の世までも汲れつる哉　井上頼文
そのかみをおもひわたれは細川や末の流に袖そぬれける　金子元臣
細川の流れのすゑを今もなほくみとる袖そ分てしほるゝ　有賀長隣
小倉山てらしゝ月のおもかけの川瀬の水にうかふけふ哉　松の門三艸子
敷島のみちをうつせる細川のきよきなかれや鏡なるらん　三輪田真佐子
播磨かた三木の細川さかのほりむかしそ忍ふ三木の細川　尾崎宍夫
細川やなかれの末の広けれはそのみなもとの昔し思ほゆ　福田祐満
をくら山言葉の花のしたゝりに末こそかをれ保曽川の水　中西石陰
末とほく流れて絶ぬ細川のふかきこゝろは汲しられつゝ　中西松琴
細川の流れての世の今年けふとし波かけて跡やしたはん　平清水清平
流ての世にはあれとも保曽川の水に浮ふは昔しなりけり　上田重子
水上をせき止められし細川のむかしゝのへはぬるゝ袖かな　弾琴緒
細川の昔をとへは言のはのみちにそひたる流れなりけり　井上景明

渊は瀬とかはる世なから細川の昔の流れつきせさりけり　滋岡従長
敷しまやつきぬ流をくむ人のいよ〳〵おほき保曽川の水　山田淳子
保曽川の瀬のおと高く皇国風うたふもゆかし昔し忍ひて　山城乙訓郡　岡本宣忠
かそふれは幾世になりぬ細川の遠き昔しを思ひわたして　乙訓郡　岡本宣義
影とめし昔し忍へは細川の月こそけふのかたみなりけり　大和葛上郡　西尾義伍
吉野川瀬々は昔しにかはらねととみの浮舟そ常なかりける　河内八上郡　植木正澎
細川のきよきなかれを汲てしるきみか教のふかき恵みを　石川郡　杉本敬信
細川や流れてとほき古へに立かへるへきなみもよせなん　志紀郡　山田義顕
小倉山なかれ出たる谷川のきよきむかしの言の葉おもふ　摂津川辺郡　岡田惟平
細川の末汲袖もぬれにけりそのかみつせを思ひわたせは　神戸　田所千秋
そのかみを忍ふる袖になかれけり君かくみけん細川の水　伊勢山田郡　橋村淳風
川浪の立もかへらぬ古へをみてこそしのへ水くきのあと　山田郡　提盛言
山川の渊にはよとむ瀬も有を流れて早きむかしなりけり　尾張名古屋　竹田晨正
保曽川の流れの昔しおとにのみきく我袖もぬるゝけふ哉　丹後宮津港　矢嶋釣

次に、本歌集の上梓の中心となった播磨の歌人の出詠の部分は全部あげることとする。筆頭にある大藪文雄（おおやぶふみお）は大国隆正（おおくにたかまさ）・敷田年治（しきたとしはる）に学ぶ国学者で、『和学者総覧』（平成二年三月二十日刊）によると明治二十二年一月十六日没、六十歳となっているが、それでは『黄門定家卿六百五拾年祭歌集』は明治二十六年五月印刷、六百五拾年祭は明治二十五年八月十七日で、そこに出詠することなど無理なことである。果していかなることなのか、なお調査したく思う。

五百とせと百五十年の春をへてなほすみまさる細川の水　播磨明石郡　大藪文雄
保曽川に流るゝ水の清きにもおもふは君か昔しなりけり　仝　日野松荘
塞とめて深くしのはむ川なみやたち皈るへき昔ならると　仝　広瀬高瀬
千代経ともかはらて今もなかれ汲その名や清き細川の水　仝　堀　名彦
今は世に名のみ流れて細川のそのいにしへの忍はるゝ哉　仝　小野利教
月花を昔なからにやとらせてしぬひかほにもすめる川波　仝　有馬八郎
保曽川の川面にうつる月みれはありし昔そ忍はれにける　仝　二星富雄
そのかみを汲ておもへは万代に流れてたえし細川のみつ　加東郡　朝原文吾
みちとせの桃津のさとの細川の清き流れは世々に尽せし　仝　照本勇雄
河浪のその古にたちかへりしのへはいとゝぬるゝ袖かな　仝　河本覚一
渊は瀬とかはれはかはれ細川の水は流れて絶しとそ思ふ　仝　藤井　潔
細川や流れての世もすゑひろく汲むひと毎に昔し忍はゆ　仝　寺本脩平
昔しより今もかはらす細川の清き流れはつきせさりけり　仝　神崎寿保

古ことをおもへは清き言の葉の流もすめるみの川のみつ　仝　鑑　快哉
ありし世の昔を遠くしのふかな流れつきせぬ細川のみつ　仝　仁村清太郎
とし波のたちても清き細川の昔しすみにし人そこひしき　仝　岸本定久
あと〻へは流も清き細川のすみにし君かむかしおもほゆ　仝　寺本　武
細川の清き流にそふさとにむかしすみけん人そこひしき　仝　香川見道
言の葉の勝れし君の跡とひてむかしをしのふ細川のつき　仝　松井宗治
名に高きその言の葉の月雪と世々に流る〻保曽川のみつ　仝　松尾きせ子
波の音たかくひ〻きてほそ川の清きなかれは今も尽せす　仝　照本鈴子
此君の昔ししのひて細川のなかれくむみは袖そぬれける　仝　照本きよ子
君住しあと〻しきけは細川のなかれをしたふ言の葉の道　仝　寺本ぬひ子
細川のふちせは世々にかはるとも昔かはらぬ水の音かな　加東郡　田渕ゆき子
細川のきよきなかれにすむ月はすきにし君か心なるらん　仝　松井こま子
細川の清きなかれの末くみてむかし忍へは袖そぬれける　仝依藤家　依藤豊章
くみてしる過にし人の言の葉に露もにこらぬ細川のみつ　仝上　辻　倉子
細川のそのみなもとし清けれは千年をかけて名は流れ鳬　加東郡　内山隆保
そのかみを汲てそしのふ保曽川や言葉の露を水上にして　仝　志方忠宗

過きゆきし昔をしのひいつみ川くみてそしるき敷島の道　姫路　吉田穂浪
流れ来しのむかしの跡をくみ見れは袖こそぬるれ細川の里　仝　砂川雄建
御をしへのむかしを今そ思ひ川なかれの末に住る此みは　仝　那波祐安
保曽川の流れての世もつきせぬは昔を忍ふしき島のみち　飾東郡　井上直昌
細川のむかしのなかれ尋ねきてくめは真袖に浪さわく也　赤穂郡　岡本真毘等
保曽川の瀬はそれなから行水のすきにし人のなきそ悲き　仝　三木政矩
なき人の今そゐまさはこの川の水には清く月も澄まなん　仝　中尾峰栖
渕は瀬と昔にかはる細川のみなかみとへは袖はぬれけり　仝　釈　高光
今も名は世に流れたる細川のむかしをしのふ袖の露けさ　仝　前川香山
言の葉の露よりなれる細川のむかしの流れしたふ今日哉　仝　神田英甫
細川の流れは今にきよしくて君かをしへの名くはしき哉　仝　津野定信
古へを忍もかなし杣川にくたすいかたのなかれゆく世は　仝　古川蓼庵
行末は海ともならむ細川のむかしかたりにぬるゝ袖かな　仝　村瀬正信
細川の流れは今もきよくして過し昔しをなほしのふかな　仝　香取常正
くみてこそ清き流れはしられけれ今そ手向る細川のみつ　美嚢郡　本城祖苗
細川のきよきなかれを汲あけて君か昔のたまゝつりせん　仝　衣巻真隆

世々を経てのこる言葉の匂ひけり今につきせぬ細川の水　仝　小嶋正貫

古も今もかはらぬ保曽川の清きなかれは汲みとつきせし　仝　常深源吾

幾年を経ともかはらし細川の清き流れは汲めとつきせぬ　仝　藤田　稔

幾とせの代々はへぬれとこの君の昔しなかめの月の細川　仝　山本耕雲

細川や過しうき世の跡とめてとまらぬ春を今もなけくか　仝　稲見　薫

流れこしその源のたふとさをたつねてそ汲保曽かはの水　仝　戸田年重

保曽川の水の流はかはらぬを変しあとのきみをしそ思ふ　仝　米村貴一

藤浪の花の移りし細川のきよきなかれはいまもにほへり　仝　小原金三

神代より今につたへてしきしまの道そ栄行細かはのさと　仝　和田貞翁

むかしより流れたえせぬ川浪の白ゆふかけて君を祭らん　仝　稲見せつ子

今もなほ其細川の跡とめてたえす汲まなん君かなかれを　仝　稲見淳三

言の葉の道をしたひて今よりもたえすや汲ん細川のみつ　仝　稲見雋三

古へを忍ひてさくか藤波の清き川へはみれとあかなくに　仝　小原嘉吉

むかしより今に栄えて此川の流れつきせぬ言のはのみち　仝　常森庄太郎

ほそ川の流れの昔し思ひいてゝくめは尊し言のはのみち　仝　小林良三

保曽川の流とゝもにつきせぬは名におふ君か功なりけり　仝　藤枝富雄

敷島の道に匂へる藤なみのはなも流るゝ保曽かはのさと　仝　小島喜之助

里の名に流れて今も保曽川や広きをしへは汲てこそしれ　仝　手崎友市

細川の荘における冷泉家の旧臣という家柄の人々の補助員、発起人の詠出を次にあげる。

今もなほ名になかれたる細川は過しむかしのきみか古里　桃津村旧臣　藤平弘義

細川の清き流れを汲上てむかしをしたふけふのみまつり　仝　藤岡俊三郎

古への流れを問へはかまくらの君かたまはる保曽川の里　仝　大杉甚四郎

物毎のかはりたてたる世の中にむかしなからの細川の水　仝　藤平歌寀

こぬ人をまつほの浦の言の葉の花そにほへる細川のさと　仝　藤岡善兵衛

ほそかはの流れをくみて今そしるふりし昔しの君か功を　仝　村上覚治郎

むかしよりにこらぬ川の流れをは汲て捧るけふの手向に　仝　田村実之助

細川の水にやとりて光りさす月こそ君のこゝろなるらめ　仝　大杉猪之助

しきしまの道のさかえは川水の流ての世もかはらさり凫　仝　井上利市

細川の清き流れを汲ことにむかししのひて袖そ濡れける　仝　田村　厳

六つ百の五十年むかしこの君かのこすいさをの流る川水　補助員　八木美之吉

細川の水に昔の名をとめて君かいさをゝくみてこそしれ　仝　南野正文

発起人

すみよしの夢のみつけの明らけき月影うつす保曽川の水　執事　稲見俊明
君か名と共に流れていまもなほくめとつきせぬ細川の水　仝　小原英弐
しきしまのみちふみわけし言の葉の花の浪たつ細川の水　幹事　田村幾治郎
掛巻もかしこきあとをしたひきて君にたむくる細川の水　祭主　寀本順応

細川荘と冷泉家との関わりについて詠んだ次の長歌は、細川荘（細川村の桃津村）の人々の心情をもよく表わしており、旧派歌人らしい長歌でもあるので、本稿の末尾にあげておくこととしたい。

美嚢郡　稲見俊春

鎌倉の右のおと丶敷嶋の道伝へたる定家の君に酬ひて浜ひさき人しく住と細川の里を賜はり春の日の長く住めれと細川の濁らぬ水を夏草の茂き世の中渕は瀬と変りて濁す年月をかそへ泝れは大凡三百六十年住ませる代はめてたけとかりこもの乱れてかなし天正す六年の卯月夏衣薄き世の中あはれにも三木の長治つるきたち身を顧みすくなたふれあたなすあらひふく風の吹まくま丶に御館をは煙となしぬ為純の君はあへなく玉きはる命捨ましみまなこの為勝の君真心の依藤某と諸共に悲しき物を嬉し野〔加東郡ニアリ今依藤野ト云〕の土と消ますその跡の三人の御子ち丶のみの父を哀しみは丶そはの母に従ひ春鳥のこ丶にさまよひさ丶竹の都にかへりはし向ふ弟の御子〔惺窩先生〕はからふみに名くはしきかも我国に香くはしきかも古衣うち捨やらて里人は残る石ふみ宮柱ふとしき立て丶二柱（俊成定家両卿）いつきまつりて年のはに絶ぬひもろき菅の根の長く伝へて今年はも六つ

百年あまりなる五十二年の其昔思ひ回らし此里の名におふ川の細川の清き流れを今も猶汲てたむけむ此里の名におふ山の衣笠の清き月かけ今も猶詠めてしたふ天正す六年ゆ三百十とせまり流て早き川水や帰らぬ昔此君をあかめたふとひ玉ちはふ神といはひしけふはしも畏こみ祭る細川の里

あすか川きのふの霞けふ早けふりとなしゝ衣かへうき（四月一日炎上）

天正す六年の後の涙川深そ惜むみあらかの跡

⒀　見立評判記二種（解題・翻刻）

『画家鵜風味批評　并儒医画工役者𩊱評判』

中野三敏氏の『江戸名物評判記案内』（岩波新書、一九八五年九月二十日刊）は、その第六章など、近世後期の文芸・学芸史の側面史料として、『平安人物志』・『浪華郷友録』とあわせてみると、諸々の「学者・文人評判記」が、いかに当時の文壇・雅壇のリアルな雰囲気を伝える好資料であるかを理解させてくれる好著である。

が、その一点一点の資料の内、管見のものでいうと、七十三頁にあげられている『難後言（なんしりうごと）』は、「写一　遠藤春足」とされているが、実は刊本が存在しており、刊本が先で、写本の流布を追いかけて上梓が企てられたものではなさそうである。『難後言』は、管見のうち最も保存の良いのは京都大学蔵本であるが、著者の癖の強い自筆板下で、いかにも色々と事情のありそうな仕立である。といった具合に、成立・出版事情が複雑なだけに、書誌的研究からいうと、種々なこみいったいきさつが見え隠れするがゆえに難しくもあり、興味深くもある。

本稿であげるのは、近年大量に古書市場に出回った森脇家（神官職）の歴代当主の膨大な写本類の中に埋もれていた薄冊一冊の写本であり、見立評判記二種を書き留めたものである。そこで、果して、そ

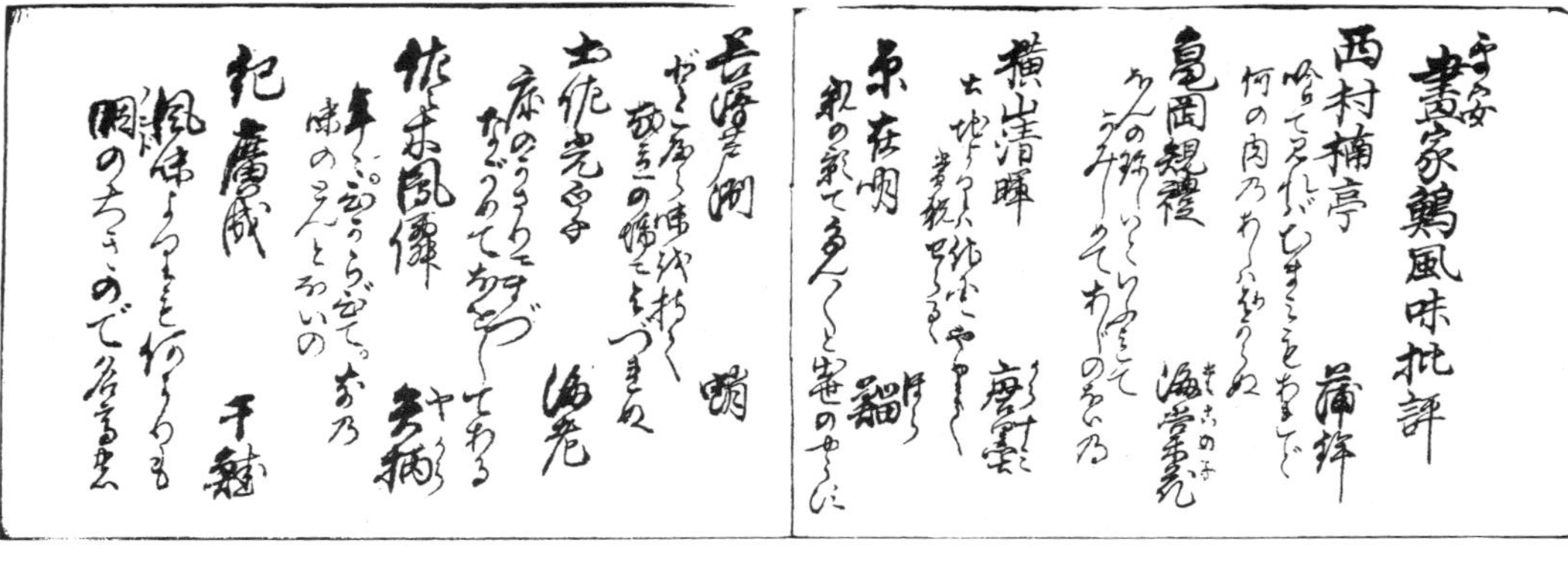

平安畫家鶴風味批評

「平安画家鶴風味批評」（架蔵）

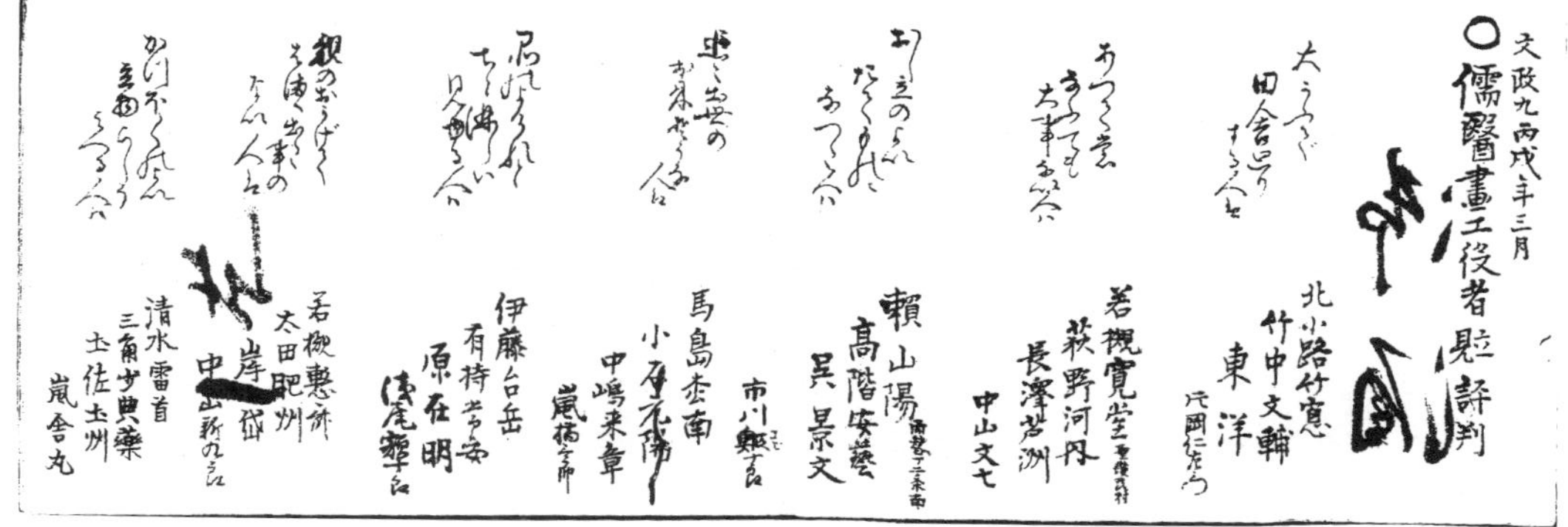

文政九丙戌年三月
○儒醫畫工役者見立評判

「儒医画工役者見立評判」（架蔵）

の二種の見立評判記が、写本の流布しかないものなのか、また刷りたてられたものの写しなのであるかを、かなり調べてみたが、ついにそのいずれかが不明のままでいる。万一、刷り立てられたものの写しであったとしても、その内容的には珍しい資料でもあり、その刷り立てを得ることはかなり難しいことであろう。

また、この二種の見立評判記は、共に年記があって、資料としての価値が高い。よって、刊・未刊の判ぜぬことの難しさを残したままであるが、以上のことをもって全文の翻刻と若干の解題を施して、ここに紹介するものとしたい。

見立評判記の二種は一冊に書き留められて、表紙打付書に「画家鵜風味批評并儒医画工役者㲉評判」と外題がなされている。次に、その二種の各々を順にあげつつ、解題を施していくこととする。

(1)「平安画家鵜風味批評」

表紙打付書の題名は、「画家鵜風味批評」とあるが、内題は「平安画家鵜風味批評」とある。「鵜」を「魚」「鳥」で「さかな」と訓ませているようで、内容は京の画家を酒の肴に見立てた評判記である。中野三敏氏『江戸名物評判記案内』のなかで、季節の初物ばかりをあげて俳諧点者(てんじゃ)にあてた『初物評判福寿草』(安永五年)が食物の初物を多く載せていることを述べられているが、ここであげる「平安画家鵜風味批評」は食物文化史の資料ともなるであろう。また次にこの見立評判記に所掲の画人を『平安人物志』と照らしてみると次の如くとなる。見立評判記は「文政九戊初夏」とあるので、最も刊年の近い文政五年板と文政十三年板と照らしてみることとする。番号を都合上、順番として振った。

（各々の所載分野と所載箇所の丁数表裏を示す）

	文政五年板所載	文政十三年板所載
1西村楠亭	画廿五丁表	画廿四丁表
2亀岡規禮	画廿六丁表	画廿五丁表
3横山清暉	〔無〕	画廿六丁表
4原在明	画廿五丁表	画廿四丁表
5長澤芦洲	画廿六丁表	画廿五丁表
6土佐光孚	画廿四丁表	画廿三丁表
7佐々木鳳僊	画廿七丁裏	画廿七丁表
8紀廣成	画廿六丁裏	画廿五丁表
9中島来章	画廿七丁裏	画廿六丁裏
10円山應瑞	画廿四丁裏	画廿三丁裏
11川村琦鳳	画廿五丁裏	画廿四丁裏
12吉岡萬寿	画廿九丁表	画廿八丁表
13小野湘雲	画廿八丁裏	画廿八丁裏
14原在中	画廿四丁裏	画廿四丁表
15吉村孝文	画廿五丁裏	画廿四丁裏
16山本探淵	画廿九丁表	画三十丁表
17田中日華	画廿八丁表	画廿六丁裏
18恒枝元章	画廿八丁裏	画三十丁裏
19呉景文	画廿五丁裏	画廿四丁裏
20福智白瑛	画廿八丁表	画廿七丁表
21岸岱	画廿四丁裏	画廿三丁裏
22村田俊	画廿七丁表	画廿六丁表

23図師南峯	画廿七丁裏	画廿六丁裏
24土岐済美	画廿六丁表	画廿五丁表
25東洋	画廿四丁裏	〔無〕
26矢野夜潮	画廿六丁表	〔無〕
27岡本豊彦	画廿五丁表	画廿四丁表
28白井華陽	画廿八丁裏	画廿七丁裏
29松川龍椿	画廿七丁裏	画廿六丁裏
30望月玉川	画廿八丁表	画廿七丁表
31上田耕夫	画廿五丁裏	画廿五丁表
32岸駒	画廿四丁表	画廿三丁裏
33百々廣年	画廿八丁表	画廿六丁裏
34円山應震	画廿四丁裏	画廿三丁裏
35狩野縫殿助	画廿四丁表	画廿三丁表
36吉村孝敬	画廿五丁表	画廿四丁裏
37東寅	画廿四丁裏	画廿三丁裏
38横山華山	画廿五丁裏	画廿四丁裏
39村上松堂	画廿五丁裏	画廿四丁裏
40別所東溪	画廿六丁裏	画廿五丁裏
41笹山虎岳	〔無〕	画廿九丁表

『平安人物志』は、「非以巧拙次第」としながら、長幼や巧拙、家格など様々な要素を勘案しながら配列がされているのだが、この見立評判記がそれらの順序に倣わぬものであることがわかる。また、評判記の文言だけでなく23「図師南峯」が『平安人物志』では「図司南峰」とあったり、資料的価値が高いものと思われる。

また、『平安人物志』での「文人画」の分野の人物が、この見立評判記にはいれられていないことも指摘できよう。

（2）「儒医画工役者贔評判」

表紙打付書の題名は、「儒医画工役者贔評判」とあるが、内題は、「文政九丙戌年三月○儒医画工役者贔評判」とある。題名の如く、儒者、医家、画工、役者の四つを四幅対にして、それぞれ一組となし、役者評判記で各々のグループを評している。

これも、儒者についていては、『平安人物志』と照らしてみることとする。『平安人物志』での「詩」・「書」での重出があっても、ここでは、重出まであげないこととする。

	文政五年板所載	文政十三年板所載
（各々の所載分野と所載箇所の丁数表裏を示す）		
1 北小路竹窓	儒家八丁裏	儒家六丁表
2 若槻寛堂	儒家四丁表	〔無〕
3 頼山陽	儒家五丁裏	儒家三丁表
4 馬島（ママ）松南	儒家六丁表	儒家三丁表
5 伊藤台岳	儒家六丁表	儒家一丁裏
6 若槻整斎	儒家四丁裏	儒家二丁表
7 清水雷首	儒家七丁裏	儒家四丁裏
8 畑橘洲	（詩十丁表・医家三十五丁表）	（医家三十九丁裏）
9 中島棕隠	儒家五丁裏	儒家一丁表
10 貫名海屋	儒家七丁表	儒家四丁表
11 岡田南涯	儒家五丁表	儒家二丁裏
12 近藤南門	儒家六丁表	〔無〕
13 梅辻春樵	儒家五丁裏	儒家三丁表
14 岡本鵠（ママ）汀	儒家四丁裏	儒家二丁表

15田中大造（ママ）　（文化十年板・儒家五丁裏）〔無〕
16伊藤古義堂　儒家四丁裏　儒家一丁裏
17金田茂陵　儒家七丁表　儒家四丁表
18寺島白鹿　儒家五丁表　儒家二丁裏
19岩垣音博士　儒家八丁裏　儒家六丁表
20畑鶴巣　儒家五丁表　〔無〕
21松本愚山　儒家四丁裏　儒家二丁表
22猪飼敬所　儒家四丁裏　儒家一丁裏

右の内、2若槻寛堂は、文政九年十一月二十六日没（八十一歳）なので、最晩年のこととなるが、「あつても　なふても　大事ない人は」とは、なかなか手厳しい。また、4馬島松南は「摩島」、14岡本鵠汀は「岡崎」が各々正しく、15田中大造は『平安人物志』では「大蔵」としている。

みな、悪口とひいきによっての評判であるが、3頼山陽を「おし立のよい　たてものに　なつた人は」と主役格にみなしたり、9中島棕隠を「いろ〳〵の　からくりて　当る人は」、10貫名海屋を「地藝所作藝　大がい出来る人は」と当時の評判をリアルに伝えているのもおもしろい。

8畑橘洲は『平安人物志』では、「儒家」として所載されず、「詩」「医家」として載せられており、その評判も「本藝よりも、トコトンの評判の　よいひとは」と、太鼓持、太鼓医者並みの扱いで、いわゆる儒医の実体を揶揄していることは明らかである。15田中大造は、文政五年板・文政十三年板、共に所載されてはいずに、文化十年板を引くと所載されている。生没年は、小笹喜三氏『平安人物志短冊集影』（昭和四十八年四月二十日刊、思文閣）によると、文政十三年三月八日没（四十六歳）とあるので、文政九年以降の文政十三年の前頃には病床についていてでもいたのかもしれない。本稿では、いい及ばないが、演劇史資料にも、この見立評判はなるであろうが、画家や儒者たちにとっては、当時のこれらの評判の類は揮毫料の多寡や門人の獲得に直結するものであったため、まったく無視するわけにもいかないものであった。

〈書誌〉

○書名　「画家鴿風味批評并儒医画工役者匙評判」

○体裁　縦十三・二㎝×横十九・二㎝、横本、大和綴

○丁数　全十丁（墨付十丁）

○付　神官家森脇家旧蔵本。奉書紙の反故を利用しており、「延紙」「御肴　一折」「御酒　壹樽」「御樽肴料　金百疋」「御帽子料」などの墨書が紙背に見える。

〈翻刻凡例〉

・改行・配字は極力原本に忠実を心がけた。

・漢字の異体字や旧体字は現行字体に改めたものもある。

・仮名遣い、送り仮名は原文のままとした。

・濁点は原文のままとした。

・各々に番号を施して、整理よくすることとした。

〈翻刻〉

画家鴿風味批評　　「一丁表（表紙）

并儒医画工役者匙評判

平安

画家鴿風味批評

1西村楠亭　　蒲鉾

喰て見ればむまみもあれど

何の肉のあしはわからぬ
2亀岡規禮　海棠花(たこのこ)
なんの珎しいといふ迠て
かみしめてあじのないの
3横山清暉　唐墨(からすみ)
土地よりは他にへやりて
賞翫せらるゝ
4原在明　鰡(ほら)
親の影てたん〳〵と出世のやうす　」一丁裏
5長澤芦洲　蛸
どこやら味を持て
献立の場にはづれぬ
6土佐光孚　海老
床のかさりにまづ
ながめてなをしてある
7佐々木鳳僊　矢柄(やから)

年々。ひからびて。前の
味のとんとないの
8紀廣成　干鱈
風味よりも何よりも
咽(ノンド)の大きので(ママ)名高の　」二丁表
9中島来章　小鮎
花見の吸物に遣わるれど
また油気のないの
10円山應瑞　洗鯉
錫の鉢に当りまへと
かけ鉢でも座は崩さぬ
11川村琦鳳　鮃(ヒラメ)
たんない味を持なから
身のすくなふみゆる
12吉岡萬寿　鯡(ニシン)
近頃は料理にも遣へど

兎角味みがない

13小野湘雲　皮鯨

をい〳〵ふち書の墨の

ふとうなる

」二丁裏

14原在中　鴈（ガン）

油は水しくなけれど

もりの。よいので行とゞかず

15吉村孝文　白魚

出し斗と引玉子とうどの

あじて喰て見る

16山本探淵　干鯛

名前はきつと。したものなれど

汁けの無の

17田中日華　数の子

うもそうなけれど

親よりは東（品）のよい

」三丁表

18恒枝元章　落鮎

上品なものてもさびが付と

ばさ付て喰われぬ

19呉景文　鯛

油気もある味もやかて

十人すきのするの

20福智白瑛　鰤子（フリコ）

作りても煎付ても。よけれど

兎角勝手の肴となる

21岸岱　若小鯛

親の名で人も。もち入る

また持まいもある

」三丁裏

22村田俊　あなこ

ぬる〳〵と座しき勤は

よけれと油は少〳〵うすい

23図師南峯　鮟鱇（アンコ）

上品なはかりて味も
しや〱りも。ない

24 土(ト)岐済美　鰆魚(アメのうを)
初めは珎しかられたが
かねを付てからおとつた

25 東洋　鰆(サハラ)
一寸小鉢に入て油もあり
こうはしさもあり

26 矢野夜潮　鶉の焼鳥
格別の料理には遣はねと
大魚に違ない

」四丁表

27 岡本豊彦　鮒すし
すく人は至てうれしかれと
きろう人はにをいもいやかる

28 白井華陽　鰤魚(さより)
なりより風味よりも
口ばしが出すぎた

29 松川龍椿　泥鰌(ドヂヨウ)
相応にうまいものじやか(ママ)
酒をのますとあばれ出す

30 望月玉川　刺鯖
水に付ても酒をかけても
しふみのぬけぬ

31 上田耕夫　鱓魚(ウツボ)
余所では喰人もあれど
京では取あつかはぬ

」四丁裏

32 岸駒　鶴
かみしめねはあじわいか
わからぬ大座敷の立物になる

33 百々廣年　棒鱈
なんほう水にもとしても
初手のやうにはならぬ

34円山應震　　　　　　洗鱠
　きれいな仕立に味をもち
　客うけのよい
35狩野縫殿助　　　　　金頭
　祝儀ものには出るうをなれど
　あたま付のおとろしい
」五丁表
36吉村孝敬　　　　　　鱧
　持かたの味で色々遣方も
　あれとちと替た仕立で喰たい
37東寅　　　　　　　　烏賊（イカ）の黒漬
　茶席には用ゆ
　とんと味の分りかねる
38横山華山　　　　　　雉子
　油も沢山ありていろ〳〵
　遣ひでになる
39村上松堂　　　　　　金海鼡

　出した所がちとぢゞむさい
　見へ（ママ）れど其身に徳のあり
」五丁裏
40別所東溪　　　　　　河豚
　能人にあてるで。こわかりては
　多けれと内にははやる
41笹山虎岳　　　　　　㊀（無）
　形はよいそうても大魚が
　いやがらせそうな
」六丁表
文政九戊初夏
文政九丙戌年三月
○儒医画工役者䝿評判
1大かふで　　　　　　北小路竹窓
　田舎廻り　　　　　　竹中文輔
　する人は　　　　　　東洋
　　　　　　　　　　　片岡仁左衛門
2あつても　　　　　　若槻寛堂聖護院村

なふても　萩野河内
　大事ない人は　長澤芦洲
　　中山文七
3おし立のよい　頼山陽（両替丁二条南）
　たてものに　高階安藝
　　なつた人は　呉景文「六丁裏
　　　市川蝦(エビ)十郎
4追々出世の　馬島(ママ)松南
　出来そうな人は　小石元陽
　　中島来章
　　　嵐橘三郎
5品のよけれと　伊藤台岳
　ちと淋しい　有持常安
　　見ゆる人は　原在明
　　　浅尾額十郎
6親のおかげて　若槻整斎

はまへ出た事の　太田肥州
　ない人は　岸岱
　　中山新九郎
7かつふくのよい　清水雷首
　立物らしう　三角少典薬
　　みえる人は　土佐土州
　　　嵐舎丸」七丁表
8本藝(ゲイ)より　畑橘洲（宝丁）
　トコトンの評判の　豊岡法眼（小川一条南）
　　よいひとは　矢野夜潮
　　　嵐来芝
9いろ〳〵の　中島棕隠（釜座二条南）
　からくりて　新宮涼庭
　　当る人は　原在中
　　　尾上菊五郎
10地藝所作藝　貫名(ヌキナ)海屋(カイヨク)

大がい出来る人は　奥道逸
横山華山
沢村国太郎

11さつはりとして
気色のよい人は　岡田南涯
鎌田碩菴
田中日華
嵐萬三郎」七丁裏

12奇麗な
ようで
さびの出た人は　近藤南門
久野玄蕃
吉村孝敬
坂東重太郎

13だん〳〵
異国人の
やうになる人は　梅辻春樵木ヤ丁二条北
小森肥州
紀廣成
嵐団八

14ちとぢゞむそう　岡本鵠(ママ)汀油小路松原北　彦太郎

見えるひとは　岡本丹波
村上松堂
中山喜楽

15どこが
よいやら
とんと見付
にくい人は　田中大造(ママ)
並河丹波
土岐済美
浅尾国五郎
」八丁表

16先代の名跡を
起しそふな
人は　伊藤古義堂
小林薩摩
丸山應震
中村松江

17上手下手の
わからぬ人は　金田茂陵
宇津城太一郎
亀岡規禮
浅尾奥山

18位はよふても
　やすう見ゆる
　　人は
寺島白鹿 柳馬場二条南　俊平
　山科法眼
　　狩野縫殿介

19家からの名前
　ほとになひ人は
岩垣音博士
　中西幹蔵
　　円山應瑞
　　　藤川友吉
」八丁裏

20名前斗で
　つかわれぬ人は
畑鶴巣
　山脇道作
　　西村楠亭
　　　嵐小六

21モウ引ても
　よさそうな
　　ひとは
松本愚山
　福井丹州
　　岸駒
　　　中村歌右衛門

22めつたに
　いきつて人に
　　勝ツとする人
猪飼敬所 高倉二条南
　川越佐渡
　　岡本豊彦
　　　市川団十郎

以上　」九丁表

（白）　」九丁裏

（白）　」十丁表

森脇蔵　」十丁裏

⑭『大和国名流誌』について

（影印解説）

『平安人物志』『浪華郷友録』などに代表される文人墨客の人名録が近世後期から、数多く出板されている。それらのいくつかは森銑三・中島理編『近世人名録集成』（昭和五十一年二月十日刊、勉誠社）でみることができる。また、『新撰京都叢書』（臨川書店）のなかには、京都の近世から幕末・明治にかけての人名録が収められているが、まだまだ未発掘な資料としての人名録は少なくないのではないだろうか。

ここで取り上げる『大和国名流誌』は、横三切本、丁数二十五丁、和綴活版本の人名録で、題簽の角書には「中嶋鹿平編輯」とある。発刊は奥付によって「明治十七年三月廿一日　出版御届」とあることで刊年は明らかである。

目録をみるに「和歌」「儒林」「仏学」と続いて四十部門に分けられているが、「志士」という部立や、「代言人」「製墨家」など、他にはあまりみかけぬ部立があるのもおもしろいが、幕末明治になって、急激に衰えた能狂言については「倭舞」「田楽」と共に「能狂言」としてあげられており、各々の流派まで注記されており、貴重な資料といえよう。

「志士」のところでは、「従四位　北畠治房」からはじまって、末尾に「故人　伴林光平」でおわるのは、天誅組（てんちゅうぐみ）の乱の中心人物であったが捕えられ惨死した光平と、たいした功績も無いが明治の御代にまで生きて功労者としての名誉を受けた北畠治房（きたばたけはるふさ）（後の田中光顕（たなかみつあき））との人生の明暗の対比の象徴のようでもある。

「医」にも、種痘のできる医者は、わざわざ「兼種痘」として四人しか載っていないのも医学史からは興味あることであろう。和歌では上司小剣の一族の名もみえている。

〈書誌〉（架蔵）

○書名　大和国名流誌（内題）

○体裁　和綴活字版本、袋綴。縦八・一cm×横十七・八cm（横三切本）

○丁数　序文二丁、凡例一丁、本文二十二丁、跋文一丁（計二十五丁）

○蔵書印　「森川」（朱丸印）、「森川所有」（子持郭朱印）の二顆あり。

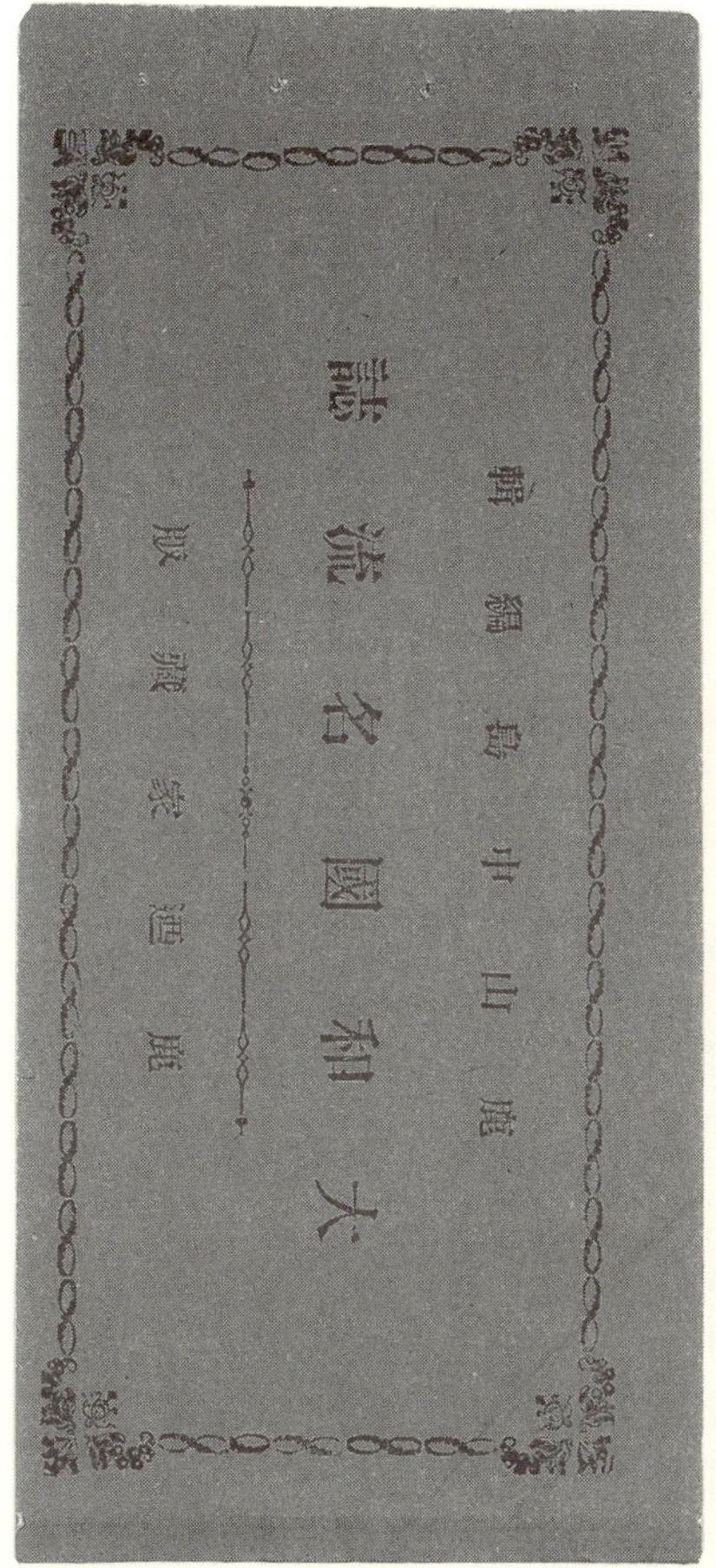

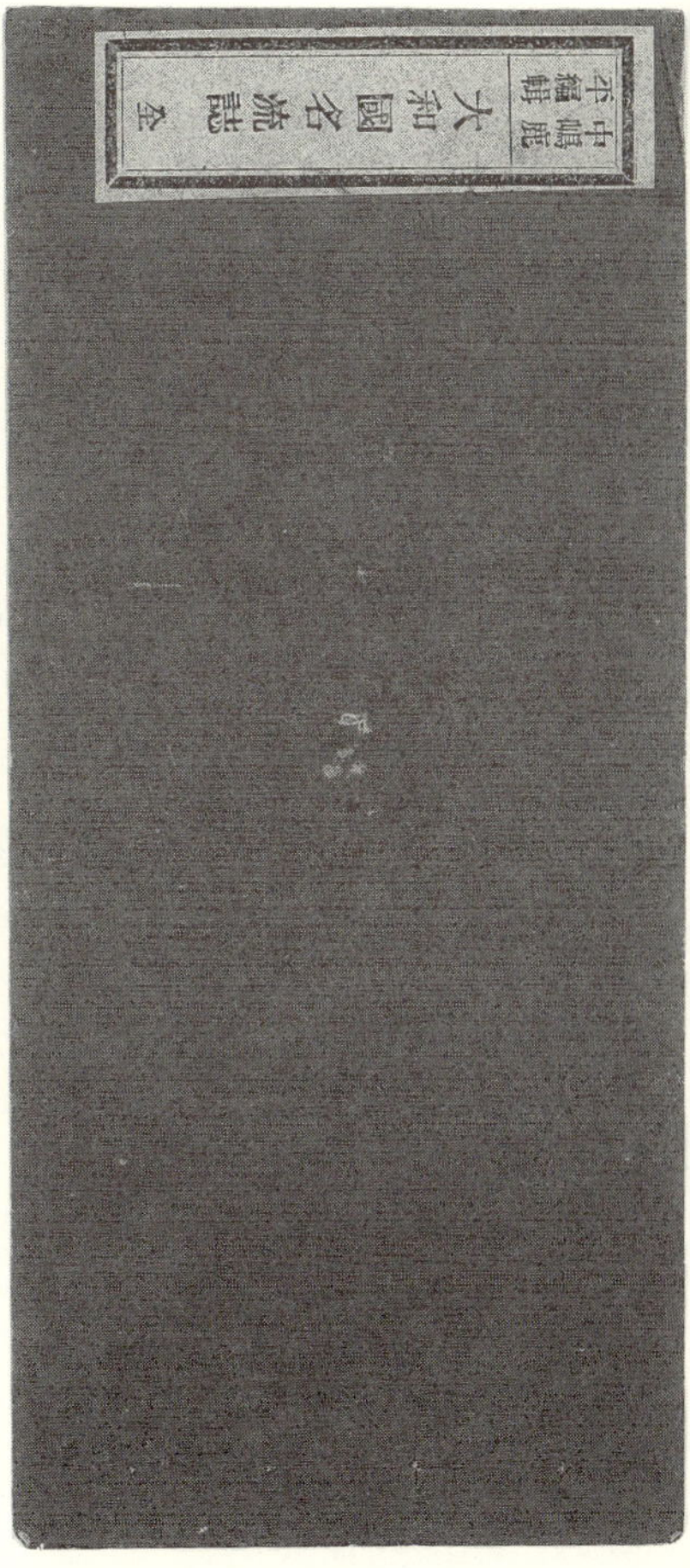

前見返し

表表紙

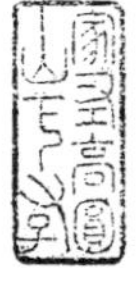

大和國名流誌序

鏤梓而不朽者其名耶、名渉萬世而不亡者也、是以古聖今賢倶重其名焉、今夫鹿山子之撰大和名流誌也、頗有意于此矣、抑大倭之國者、　天祖神武天皇垂皇跡之古土、而

第二祖綏靖天皇以下三十有餘、代奠大都之舊地也、故或有門閥、或有舊家、以爲一統之名流、是大和名流誌之所由起矣然今方組成其列次也、鹿山子大惑矣何者以門閥爲先、則舊家怨焉、以舊家爲先、則門閥憤焉、遂不能知先后之如何也、予告鹿山子、曰欲先門閥則先之、欲先舊家、則先之、其先后也、隨子之筆端所向、而爲之、鹿山子唯々諾焉、予茲草之序云爾

明治第十七甲申之秋

槐陰迂叟

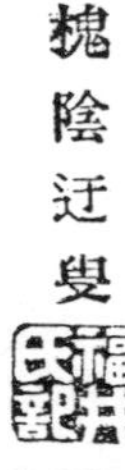

凡例

夫レ百工技藝ノ道ニ志シ日
諸匠業ニ秀ツルモノ枚擧ス
ルニ遑アラス其豫メ尋テ聞
ク所ノ儘輯メ冗繁ニシテ間
隙ナケレハ通稱ノ姓名ヲ記
シ又位階ノ高低ヲ問ハス業
ノ優劣ヲモ撰ハス又席ノ順
次ナラサルヤ看客諸君敢テ
咎ムルナカレ尙漏ルヽ處ノ
各位ハ第二編ニ讓ル唯其美
名ノ空シク朽ンヿヲ愛ンテ揭
クルノミ

一肩書ノ始ハ郡名次ハ村名
有名ノ地ノ如キハ郡名ヲ
略ス

一書畫ヲ能シ。和歌ヲ詠シ。詩
ヲ賦シ。圍碁。樂ヲ奏ス等ハ
能。詠。賦。圍。奏等ヲ略ス

編者識

目録

○和歌 ○佛學 ○詩客 ○畫 ○志士 ○算術 ○樂師 ○細男 ○茶 ○清樂 ○發句 ○狂歌 ○碁 ○醫 ○衛生會員 ○孝道 ○技術 ○鑛山業 ○水車業 ○產物雜部

○儒林 ○洋學 ○書 ○有司 ○曆學 ○倭舞 ○田樂 ○能狂言 ○插花 ○連歌 ○俳諧 ○冠吟集 ○象棊 ○演話 ○代言人 ○諸匠 ○學事勤勉 ○材木商 ○製墨家 ○武術

大和國名流誌

○和歌

樂

奈良 從五位 水谷川忠起

仝 從五位 今園國映

皇國學

添下七條 大澤清臣

奈良 大東延慶

仝 千鳥祐順

大藏流狂言

仝 梅田春保

仝 宮司宗則

仝 藤村叡運

法華寺 上司延弦

仝 近衞高鳳

中宮寺 梅咲教順

仝 辰己貞順

興福院 荻原教明

書

圓照寺 勸修寺德猛

東大寺中 宮禪禪庭

佐保山晉圓

皇國學

仝 平松晉海

ナラ 清水谷公延

仝 金澤昇平

書文畫

添下筒井 速水文明

添上古市 北浦定功

仝 井上景泰

畫名帶川

ナラ 橋本政孝

畫

仝 橋本宜政

仝 白井英通

仝 中村雅眞

仝 上司延賀

仝 柳生等賢

仝 柳生等彦

仝 松本正則

仝 富松塊雄

仝 中條肥則

仝 板倉好信

小瀨キシ子

寶生流仕手

全　森村正貫
全　八尾正章
全　豐田睦夢
全　赤松靜水
全　谷口正民
全　富森頼武
全　榊原春彦
全　河合善鄉
全　久保井知康
三輪　今西タミ子
初瀨　岩井ヨシナ女
照光寺顯遠
郡山　川目長高
全　安田忠貞
添上櫟本　菊田政任
全　松本本道
全　松田直好
添下南田原　瀧口讌學

上村　清水光學
丹波市　駒村保平
高市今井　加藤某
葛下神樂寺　神樂寺弘遠
故　八　添上古市　北浦定政
全　ナラ　西村知氏
全　全　和田宗平
全　全　松田春英
全　全　松宮清門
全　全　荒川重鄉

○儒林

郡山　山下金吾
全　水谷克庸
全　竹田正英
ナラ　佐々木竜太郎
全　進藤雲外
柳生　岡村鼎三
小房　前部重厚

生駒山 鷹川某
五條 佐野醉翁
高山 有井誠八郎
田原本 西谷脩三
土佐 上田民右ェ門
柳本 味岡五平
高田善正寺 廣濟僧敬
田井ノ庄光蓮寺 越智等曜
故 郡山 藤川友作
仝 ナラ 佐々木育輔
仝 仝 櫻井文竜
仝 五條 樫内舍

○佛學
和歌 ○書

東大寺 皷阪荐海
興福寺 園部忍慶
西大寺 佐伯泓澄
ナラ五劫院 山本儼識
仝 金タイ寺 吉水善及

天文學 和歌

仝 高林寺 稲葉壽明尼
八木明教寺 鈴木亮惠
添下疋田常福寺 獅子吼大亮
仝 佐紀教行寺 狹城覺順
平群壹分無量寺 山內教諦
法隆寺 千早定朝
吉ノ飯貝 本善寺某
高市土佐 鷲尾隆音
郡山七條 三松寺

○洋學

丹波市 長尾景署
郡山 古木寅三郎
ナラ 大森徽寛
柳生 小高文吾
仝 廣瀨勇太郎

○詩客

從五位 ナラ 長尾有貞
仝 戸田英懷

二大和國名流誌 一四

四オ

号槐陰和歌 全 福井永頼

和歌 書 全 平井小波女

全 雲井春影

葛下松ツカ 飯田文吾

談山 大西廣海

櫻井 中島盤石

誹諧 名水石 和歌 五條 森田節齋

故 八

○書

樂 土佐 植村家保

詩 畫 碁 三井 藤井千尋

正四位 郡山 柳澤保申

全 奥村邦基

ナラ 中村堯圓

全 本條時乘

全 橋井善二郎

全 稱名寺住 古寺幾次郎

全 井上某

詩 篆 碁 全 陳墨隱

二

四ウ

詩文

故

ヨシノ 大喜多作次郎

五條 松永鐵三郎

高市越智

八 今北陶庵

○謡

和歌 ナラ 水谷川勝子

櫻井 森岡櫻泉

ナラ 福井孝項

全 中室墨琴

全 宮崎春琴

全 堀川春方女

全 清水梅洲

全 堀川其流

碁 式上穴師 中野向山

新庄 松浦霞溪

サクラ井 岡本桃里

八木 岡本花橋

十市新ヤシキ 土井晩香

添上北永井 阪本耕樂

添下筒井 逸見文明
平群フキ 北川嘯篁
郡山 藤田常卜
ツイ 森、蘭溪
ヨシノ下ダコ 小瀨寛一郎
ナラ 簀輪金波
添上池田 植田宇一
ウチ 榮山寺梅民
今在大坂 葛上笛堂 吉川笛村
故 八 郡山 眞田雲嶺

○有司

元老院大書記官 式下郡新町村 森山茂
工部權大書記官 奈良 長谷川嘉道
陸軍少佐 十ツ川 前田產禮
陸軍大尉 全 前田喜唯
全 郡山 馬場命英
全 全 山田要
陸軍中尉 高取 渡邊某

全 クシラ 神田一之
陸軍少尉 十ツ川 松村勇
司法省二等屬 ナラ 臼井憲德
郡長 十ツ川 玉置高艮
判事 宇智郡 土居徹
全 十ツ川 吉田正義
全 全 千葉貞幹
判事補 法隆寺 北畠秀雄
全 郡山 石澤命文
全 全 石澤某
全 全 山村某

○志士

皇國學和歌 從四位 法隆寺 北畠治房
從六位 全 春木義彰
府會議長 芝村 恒岡直史
全議員 平群郡安堵 今村勤三
全 式下郡小柳 服部蓊
全 宇智郡ノハラ 磯田清平

全 十市郡大福 松田彌三郎
全 ナラ 大森吉兵衛
奈良博覧會社長 全 植村久道
全 鹿野宇三郎
全 中村長盈
忍海南花内 片岸清三郎
葛下ツチ 堀内忠司
ヨシノ大タキ 森本良三
全 井戸 土倉庄三郎
葛上蛇穴 井上純一
畫 添上蘭生 野口小成
五條 松本重太郎
氣象學士 高市土佐 保田廣太郎
宇陀松山 玉手鎮治郎
葛上御所 松尾四良三郎
全 今住 赤塚貞三
全 米田篤平
ヨシノ竜門 林嘉三郎

全 武木 大西吉藏
維新功臣 故人 ツ川 深瀬仲麻
老農 全 山邊永ハラ 中村直三
皇國學 和歌畫 全 法隆寺 伴林光平

○曆學

詩歌書畫 添上シバヤ 藤本良弼
式上柳本 西村清雲

○算術

測量學 ナラ 清水浪江

○倭舞

和歌○畫 奈良 富田光美
從五位 全 粟田口定孝
從五位 全 北河原公憲
全 朝倉景隆
全 大西延弦
全 中御門胤隆
全 原忠愼
從五位 全 中川興長

仝 藤岡守道
仝 辰市祐斐
仝 杉 純
仝 轜小路納親

○皇國唐樂師
和歌 雅樂道免許教授師 奈良 東 友秋
同 仝 芝 葛忠
同 仝 窪 近政
右方元樂人 仝 西京 是陽
同 仝 喜多 是滋
同 仝 井上 是朝
同 仝 藤井 國謀
和歌 式部寮一等伶人 元奈良今東京ニ在 芝 葛鎮
歐洲樂 同 芝 祐復
篳篥 葛下池田村 岡本 定實
仝 葛下八川 布施 祐宜
仝 葛下玉手 志賀崎 法誓
仝 添下小泉村 金守 祐贊

仝 笙 仝 添下新木 武内 照方
仝 添下[illegible]山 菊田 寅吉
仝 仝 岡本 楢松
仝 添下矢田 寺本 慶圓
仝 添上稗田 喜多 良學
仝 添下外川 稲生 熊治郎
仝 式下大安寺 吉水 戒譽
仝 式下法貴寺 齋藤 良照
仝 式上初瀬 岡本 淨巻
仝 仝 細川 順察
仝 仝 式上三輪 藤井 圓乗
仝 平群小瀬 川久保 政太郎
仝 仝 仝 立野 東一坊 堯壽
仝 平群谷田 藤本 信夫
仝 仝 平群栽原 加藤 寶禪
仝 廣七南郷 藤田 義熙
仝 廣瀬百濟 三住 誓誠
仝 高市觀音寺 鷲尾 隆鐸

二一 大和國名流誌 一八

八オ

仝 仝法隆寺 福田市松
仝 高市松成柿 鈴鹿兼京
仝 宇陀檜牧 武田豐
仝 仝 宇陀福地 宮本碩ㇸ
仝 平群俵口 楠田繁雄
仝 仝谷田 楠丸彥太郎
仝 平群法隆寺 秦行純
仝 仝一分 谷野一重
仝 仝小瀨 上田庄五郎
仝 平群菜畑 朴木治郎二
仝 法隆寺 杉村利平
仝 仝 秦秀解
仝 仝 上田菊藏
仝 添下新木 武內德太郎
仝 仝郡山 生駒松治郎
仝 仝矢田 御明總治郎
仝 仝仝 久保直市
仝 仝仝 岡澤良善

二

○田樂

仝 添上八條 小橋市太郎
仝 葛下王寺 谷甚三郎
仝 仝仝 松本勝治郎
仝 葛下池田 鶴山嘉平
仝 仝道穗 岡本大園
仝 葛上蛇穴 野口善譽
仝 式下但馬 池田台潭
仝 十市松本 梶木久太郎
仝 宇陀自明 上原加藤
仝 ウダ福地 朴木由太郎
仝 高市八木 勝山勇譽
仝 仝 勝山澄雲
仝 仝一 弓場友吉
仝 仝車木 大間智洞
仝 吉ノ六田 椥田竜音
仝 仝 辻本米藏

ナラ 松田速太郎

八ウ

郡山　藤田彌平
小泉　伊藤作馬
平法隆寺　清水利平次
仝　清水彌太郎
添下太田　奧西伊平
仝　山上惣五郎

○細男
式上穴師　宮生駿河

○能狂言
今春流仕手
奈良　今春廣成
今春流仕手　仝　大藏錠治郎
仝　仝　今春廣運
仝　仝　中山清三郎
仝　仝　松延泰治郎
仝　仝　勝間爲七郎
仝　仝　坪內辨藏
仝　仝　村井友三郎
仝　仝　木村喜平

仝　仝　山本春茂
仝　仝　梅木春信
仝　仝　岡奈良吉
仝　仝　山本米二郎
仝　仝　増田福松
仝　仝　箕輪庄太郎
大鼓小鼓　仝　大倉繁治郎
大倉流小鼓　仝　鏑木忠順
仝　仝　加藤洲主
仝　大小　仝　平松甚平
仝　大　仝　成井弘德
仝　大　仝　加藤道行
笛　仝　春日銑五郎
春日流笛　仝　長命善治郎
仝　仝　春日市二郎
仝　仝　長命庄治郎
今春流太鼓　仝　內山茂祐
春藤流脇　仝　水野安次郎

大和國名流誌　一十

全
全
全
観世流仕手
全
今春流地謡
全
全
寶生流仕手
全
春藤脇
大藏流狂言
全
全
全
全
全
全

全　松田重經
全　增田吉次郎
全　丸山捨吉
郡山　針谷重知
全　氏磨壽之助
全　吉田平七
全　羽岡揩
全　木島尹勝
全　川目賢三
全　小牧知之
全　原　勝任
ナラ　中垣利之
全　中垣利文
全　橋本藤一
全　瀬川吉平
全　神足賢
全　鳥山喜造
全　鳥山昆慶

十オ

全
全
全
全
全
全
全
全
全
全
全
全
全
全
全
全
全
今春流仕手

全　梅田猶三郎
全　小瀬孫作
全　谷川米藏
全　森　勝次郎
全　服部佐平治
全　中川甚吉
全　香取山〆吉
全　木村德松
全　瀬川吉太郎
全　林　利平
全　森　勝三郎
全　息田豐吉
全　天野庄吉
全　小山繁次郎
全　小山芳三郎
全　久須美安吉
全　住野忠平
山邊備前　上田唯一

十ウ

○茶

千家裏

郡山　宇野源四郎

御所　藤井文馬

春藤脇流　狂言家元

仝　仝　南柳生　森稍之助

仝　仝　仝森稍久治

仝　仝　六條　松本薫太郎

仝　仝　仝吉田性太

仝　仝　仝吉田逸太郎

仝　仝　カハタ　森島楢逸

仝　仝　宮ド　乾亀太郎

仝　仝　仝乾猶吉

仝　仝　庵治　岡島岩次郎

仝　添上　ヨコ田　奥村多平治

仝　十市　西ノ宮　村島四郎平

仝　仝　八木　小川岩治

仝　仝　田原本　吉川勇次郎

故　八ナラ　水野安次郎

仝　仝　大藏虎年

石州流

ナラ　藤枝可知

仝　千裁傳吉

仝　古寺忠八郎

仝　西方寺　長谷川文三郎

仝　草山純香

仝　本村ヨシ子

故　八　原忠成

仝　仝　中村龠雄

仝　仝　杉原直博

○挿花

月泉流　ナラ　藤木安通

末生流本業墨形刻　仝　笹井繁二郎

添下矢田　大村玄周

仝　疋田　上村源四郎

詩

○清楽

仝　ナラ　西林伊六

井碩正十郎

○連歌

初瀬歡喜院住 關 道起

○發句

五條 保田 芳岳
初瀬 岩井 松甫
吉山ノ 笠井 花友
御所町 赤塚 葛露
十ラ 辻川 梅朗
高市八釣 井村 梅仙
仝岡 花井 清之
添上尾山 岡本 松聲
櫻井 長澤 北山
仝 淺田 採琴女
仝 中島 鶯雛女
仝 井上 琴山
仝 乾 嗽山

○誹諧

葛上蛇穴 西京 司水
仝下高田 松本 立伯

十ラ 故八 河合 松風

○狂哥

十ラ 畑野 治平
丹波市 福田 久七

○冠吟集

奈良 河合 奈良吉
仝 今井 一品
仝 福田 光山
仝 武市 逸賀
仝 飯村 喜角
仝 森田 梅香
仝 木谷 香木

○碁

奈良 小山田 一義
宇智三在 內原 多八郎
奈良 高阪 宗七
仝 小瀬 彌三郎
仝 萩原 喜平

○象基

ナラ 喜多善哉
全 岡本藤七

全 荻原慶治郎
全 田畑幸七
郡山 鈴木七平
全 曾根平太
全 福井清次郎
十市阿部文珠院住 上田弘應
櫻井 淺田勘平
添下疋田 前田良作
全サキ 戸尾善作
田原本 阪本庄作
葛上林 林藤内
故 八 添上古市 廣瀬正澄
全 奈良 田原口長昌
全 全 橋本陶々
全 全 田原口長榮

○醫師

ナラ 杉原直正

全 村田新藏
全 八尾久七
全 大澤正雄
全 久保井金三郎
全 福田清三郎
吉ノ上市 竹谷多一郎
郡山 小林茂實
全 林下嘉平次
全 野村周馬
サクラ井 島岡平七
山陵 武野光照
ツクシ 中島幸吉
御所 岸本房吉
全 中井善九郎
五條 柿本重治郎
全 上田利平

	仝	河野通理
和歌	仝	薬師院保祐
仝	仝	石崎勝三
仝	仝	石崎文夫
仝 書	仝	有馬顕吉
	仝	花岡正直
詩	仝	八木重義
和歌	仝	竹ノ内永祐
仝	仝	田村宗完
	仝	春田弘人
	仝	仲元益
碁	仝	箸尾信一
	仝	植月三折
	仝	龜井玄順
茶	仝	藤林守業
	仝	岡田貞雄
	仝	三好協哉
	仝	中尾眞逸

	仝	荻野敬順
	仝	石田安五郎
	仝	濱野琑齋
	仝	桐山謙吉
	仝	吉田寅松
	仝	丹坂春秀
	仝	中尾貞次郎
兼種痘	櫟本	神田武三
仝	田中	小島玄朔
仝	矢田原	北吉達
仝	サクカハラ	松岡周達
	添下杏	奥田逸朗
	仝イチノ本	伊達春暉
	仝須川	松岡某
	仝尼ケ辻	増田貞三
	郡山	針谷挂齋
	仝	富永謙吉
	仝	吉松竜庵

詩名笠山和歌

仝 香川某
仝 小田昇
添上古市 高井英竹
式上三輪 奥山周軒
仝 柳本 森本幹太
仝 河合道閑
仝 芝村 甲谷道庵
仝 初瀬 高宮久太郎
式下ムサシ 上田是久
カラコ 梅本春英
葛上蛇穴 濱野政昌
仝 濱野脩齊
仝 ゴセ 樫木連三
高市ナハテ 前防有齊
仝 五條 山田周貴
仝 トリヤ 増田周伯
仝 土佐 下河邊昌俊
仝 石川文作

産婆

吉野 花岡堀太郎
仝 中窪頼母
吉ノ上市 増田某
仝 シラヤ 奥田某
奈良 岡田春江

○演説

ヨシノ大タキ 土倉喜三郎
宇陀 守井政吉
五條 櫻井德太郎
式下脇本 巽豐七
郡山 前田宗平

○奈良私立衛會々員

會長

奈良 有馬顯吉
仝 貴原治平
仝 三好協哉
仝 金澤昇平
仝 村田又十郎
シバヤ 藤木良弼

ナ 近藤忠治（ラ）
矢田ハ 岩名彌四郎（ラ）
ナ 松田新治郎（ラ）
仝 上月階治郎
仝 藤本正已
仝 秋田市松
仝 春田太郎
仝 飯野富
仝 近藤耕平
仝 生實知譽
仝 杉本由平
仝 鷲尾齋譽
矢田ハ 北吉達（ラ）
ナ 柳生庄藏（ラ）
古 木庄宗之（市）
今 岩井愿三郎（市）
ナ 藤井吉平（ラ）
仝 筒井國通

今 木原理三郎（市）
仝 山本顯治
ナ 吉水善及（ラ）
仝 橋本辨準
仝 仲野順
仝 吉村梢治郎
仝 玉井衛士
永 稲田捨五郎（井）
ナ 培巖良忠（ラ）
仝 池内直三郎
仝 町田禹太郎
仝 松本慶治郎
仝 福井忠良

○代言人

在東京 宇陀太郎
仝 藤巻庄太
ナ 玉置格（ラ）
仝 中村恒五郎

書畫

仝　礒田和藏
仝　村田正樹
仝　畚田俊助
仝　村田忠五郎
仝　玉田金三郎
仝　礒田復三
仝　毛利泰吉
仝　服部猛彦
仝　星野直
仝　六車與平
郡山　關伽井純棟
仝　相川敬孝
仝　矢野勝
宇智　小松健造
須惠　小川半太郎
五條　澤井基一郎
在大坂　吉岡完
仝　長井保

奈良　中山貞楠
仝　山本次郎

○孝道

ナラ　北井久米太郎
法花寺　本田元吉
ヨシノ上市　大藤友吉

○諸匠

番匠　法隆寺　大工庄藏
仝　菅原　梅森武平
仝　五條　辻本傳次郎
仝　十市飛重　澤西重三郎
仝　ナラ　藤井治三郎
指物匠　仝　小玉和七
仝　山田源七
織物匠　春日藤　ナラ　春日藤與一郎
度　仝　小瀨孫作
量　仝　山田理佐久
衡和歌　仝　和田俊吉

職	所	名
篆刻 書畫	仝	梅本古鐵
仝 奈良木偶 發句	仝	岡野松壽
仝 奈良木偶 大瀬流狂言 畫	仝	森川杜園
仝 仝	仝	瀬谷桃源
仝	田原本	小西淳齋
象眼師	ナラ	森川孝園
錺師	仝	金馬
刀	仝	平松清春
春日盆匠	仝	鎌田喜太郎
陶器 赤ハタ燒	五條山	山口甚次郎
仝	仝	古瀬治平
仝	仝	井上忠次郎
仝	古市	今江周治
瓦○香合置物 號出雲	法隆寺	安井彌平
墨形刻 奈良書 木偶	奈良	松田松琴
仝	仝	中村集次郎
仝	仝	西村清吉
鑄物匠	仝	百濟兼次郎

職	所	名
仝	葛下五位堂	杉田宇左エ門
仝	仝	津田五平
鍛冶匠	吉ノ上市	森脇喜七郎
茶筌匠	添下高山	池田龜吉
仝	仝	久保爲造
仝	仝	谷村友吉
仝	仝	久保喜太郎
仝	仝	谷村傳十郎
團扇透刻	ナラ	勝田十郎
仝	仝	井坊晉
仝	仝	中村春長
筆匠	仝	小賀平治郎
仝	仝	川勝龜藏
仝	仝	水谷嘉六
裝潢匠	仝	前川作助
仝	三輪	西川義平
奈良晒布	ナラ	高阪宗七
仝 團扇	仝	山田庄三郎

全 全 岩井善三郎

○技術

電信技術 山岸鹿雄

○學事勤勉

廣瀬唐院 福西周
宇智御山 北幾太郎
平群勢野 管田小三郎
添上古市 山中孫三郎
山邊西波多 福井吉次郎
添上櫟ノ本 桐山眞平
吉野上市 船津新四郎
仝 十ツ川 西村皓平
宇陀檜枚 貝田宗三郎
十市田原本 吉村久敬

○鑛山業

宇智五條 栗山藤作
仝 堀江藤七
仝 小林文平

鑑定

吉野 福智久内
仝 名遣秀行
廣瀬安部 小山保造

○材木商

吉野大タキ 土倉庄三郎
仝 土倉平三郎
仝 富田喜右衛門
仝 刀知源三郎
仝 巽庄一郎
仝 北山 桑原五郎兵ヱ
仝 上市 北村又右ヱ門
仝 井戸 井上儀作
仝 仝 井上喜作
仝 仝 井上龜太郎
仝 碇 伊藤清内
仝 高原 前田與平
仝 仝 前田與三郎
仝 武木 伊藤四郎

大和國名流誌　二十

○製墨家

奈良　大森兵助　号香雲堂
仝　大森德兵衞　玉翠堂
仝　大森善八　文泉堂
仝　西村喜市
仝　永田惣八

○水車業

小泉　前川廻德
丹〃市　毛原勝三郎
瀧本　巽豐七

仝　東川　新榮治右ヱ門
仝　仝　桝源内
仝　仝　近藤源右ヱ門
仝　下タコ　鍵谷與吉
仝　仝　大前某
仝　杤尾　梶谷與作
仝　梶　山本源三郎
仝　竜門　阪本仙太郎

二十オ

仝　大森庄藏
仝　福本萬吉
仝　藤井治郎平
仝　八木定七
仝　福井庄八
仝　田中孫三郎
仝　福岡半平
仝　福森爲八
仝　符坂庄太郎
仝　上田梅吉
仝　田宮久七
仝　増田庄八
仝　中林嘉十郎
仝　宮武佐十郎
仝　岡村治郎兵衞
仝　中島伊六
仝　宮武甚平
仝　永井武平

二十ウ

全 山中芳松
全 藤岡喜平
全 田中勘六
全 祜村忠六
全 祜村佐平
全 上田利三郎
全 中山助藏
全 隅山利八
全 大森幸七
全 田上榮七
全 松井藤吉
梅壽園 全 大林吉次郎
古梅園 全 松井又三郎

○名家

菓子銘青丹ヨシ八重櫻 ナ(ラ) 南玉堂
葛菓子 吉(ノ山) 福住富榮
金紅丹 ヨ(シノ上市) 堀内三席
鈎瓶鮓 全(下市) 鮓屋彌助

造酒家元祖 ナ(ヲ) 菊屋治左エ門
旅館 全 印判屋庄太郎
全 三(笠山フモト) 武藏野亭
全 三(輪) 高田星勘平

○武術

眞影流 從五位(柳生) 柳生俊益
全 全 中村二角
鎗寶藏院流 ナ(ラ) 鎌亂賀
全 全 森繁藏
全 郡(山) 金子勤
全 ナ(ラ) 上田眞文
柔圓德流 全 川井九一郎
鍬眞影流 郡(山) 汀定政
全 ナ(ラ) 吉尾義齋
全一刀流 郡(山) 金丸宇一郎
全 全 瀧川冨雄
鍬 全 佐瀨某
全 全 岡本軍太

仝　仝　太田清一郎
仝　仝　岡部俊行
仝　仝　飯田勇次郎
仝　仝　小杉某
柔　仝　福原龜藏
炮荻ノ流　仝　富松岩藏
釼一刀流　ナラ　大喜多節太郎
仝神道無念流　仝　江本無邪八
十ツ川　中根有信
仝　中島廣秋
仝　桝谷正仲
仝　上東霍二郎
ヒロセ三昧　櫻井知新
炮術武衛流　柳本　鈴木延四郎
一刀流　葛上御所町　今村行重
元高取　田村直衛
柔圓德流　ナラ　松谷卯之松
釼無邊流故　八郡山　岩田正字

柔圓德流　仝　ナラ　平井常藏

○追加志士

高市鳥屋　神保幽山
添上石川　石川角太郎
仝　石川武四郎

大和國名流誌終

跋

鹿山者業書工、而居恒尊重交際焉、故其所親之人、上自閥閲、下至野夫、凡我和州中名於一業者、多爲其所識也、是以今也撰大和名流志者、而欲傳其所親之人名於百歳之後矣、嗚呼鹿山之厚志實感有餘焉、茲余也佩校正之任、往々有不免疎漏之責者、是余之業務繁雜、而遂不能尽其詳密也、請看官莫咎之幸甚矣

明治十七年九月

楓月庵主人　和田直

明治十七年三月廿一日 出版御届

編輯兼出版人　大阪府平民　中島鹿平　大和國添上郡奈良紀寺村ノ内笠屋町千卅四番地住

校閲　仝　和田直三　仝國仝郡奈良納院町五番地住

印刷所　奈良橋本町　阪田活版所

裏表紙

後見返し

〈参考文献〉

○森繁夫編・中野荘次補訂『名家伝記資料集成』（昭和五十九年二月一日刊・思文閣）

○大川茂雄・南茂樹編『国学者伝記集成』（明治三十七年、続昭和十年・復刻昭和五十四年十月二十日刊・日本図書センター）

○小笹喜三編著・平春生補稿『平安人物志　短冊集影』（昭和四十八年四月二十日刊・思文閣出版）

○出丸恒雄著『宣長の没後—その鎮魂歌』（昭和五十五年十一月五日刊・光書房）

○『渡辺刀水集　三』（昭和六十二年十一月十五日刊・青裳堂書店）

○工藤進思郎編『藤井高尚書簡集』（昭和五十九年二月刊）

○石田誠太郎著『大阪人物誌』（昭和二年三月三十一日刊・復刻昭和四十九年八月五日刊・臨川書店）

○森銑三・中島理壽編著『近世人名録集成』全五巻（昭和五十一年二月十日刊・勉誠社）

○滋賀県教育会編『近江人物誌』（大正六年十一月十日刊・複刻版昭和六十一年十月十日刊・臨川書店）

○国学院大学日本文化研究所編『和学者総覧』（平成二年三月二十日刊・汲古書院）

○吉田虎之助編『鳰のうみ』（昭和三年十二月一日刊・吉田虎之助発行）

○類題和歌集研究会・和歌史研究会編『私撰集伝本書目』（昭和五十年十一月二十五日刊・明治書院）

○片山長三編『交野町史』（昭和三十八年三月二十日刊・大阪府北河内交野町役場）

○『交野市史』（昭和五十六年十一月三日刊・交野市編纂委員会）

○「混沌」十四号（平成二年六月二十六日刊・中尾松泉堂）

○「混沌」十六号（平成四年六月二十六日刊・中尾松泉堂）

○奥村寛純編著『水無瀬をゆく—島本町の史跡をたずねて』（昭和六十三年三月十日刊・郷土島本研究会）
○門真町史編纂委員会編輯『門真町史』（昭和三十七年三月三十日刊・門真町役場）
○『百園雑纂』（明治三十二年七月三十日刊・百園塾発行）
○『桃園文庫目録』（昭和六十一年三月三十一日刊・東海大学附属図書館）
○「京古本や往来」四十八号（平成二年四月十五日刊・京都古書研究会）
○山本臨乗編『増訂 平安名家墓所一覧』（明治四十三年六月五日刊）
○「天満宮」二二四号（平成三年二月十五日刊・北野天満宮）
○「学苑」（近代文学研究叢書資料第二十六編・9・1960・昭和女子大学光葉会）
○田辺勝哉・逸見仲三郎編『神習舎玉篭目録　神習舎歌文集』（大正十四年十二月二十八日刊）
○末中哲夫著『山片蟠桃の研究「夢の代」篇』（昭和四十六年三月三十一日刊・清文堂書店）
○「すみのえ」186（昭和六十二年七月十日刊・住吉大社社務所）
○管宗次著『幕末・明治　上方歌壇人物誌』（平成五年九月十日刊・臨川書店）
○西村時彦著『懐徳堂考』（大正十四年十一月一日刊・財団法人懐徳堂記念会）
○『第一〇三回特別展　懐徳堂—近世大阪の学校』（昭和六十一年三月十一日〜四月十七日、展観目録・大阪市立博物館）
○末中哲夫・埜上衞編『愛日文庫目録』（昭和六十一年三月十五日刊・愛日教育会発行）
○岡本静心著『尼崎藩学史』（昭和二十九年六月一日刊・尼崎市教育委員会・尼崎藩学史出版協会）
○「上方」尼崎号（昭和十年十一月一日刊）
○「陳書」六号（昭和十七年五月八日刊・神戸陳書会）

○簗瀬一雄著『本居宣長とその門流』（昭和五十七年九月二十日刊・和泉書院）
○『堺市史』（昭和五年六月三十一日刊・復刻昭和四十一年二月一日刊）
○兼清正徳著『桂園派歌壇の結成』（昭和六十年四月十日刊・桜楓社）
○島津忠夫・管宗次編『武庫川女子大学附属図書館蔵　滋岡文書目録』（平成十年二月二十六日刊・武庫川女子大学国文学科）
○片山嘉一郎編『淡路の誇』（昭和七年十二月二十五日刊）
○新見貫次著『淡路書画人物伝』（昭和四十五年四月八日刊・私家版）
○管宗次・郡俊明編著『安政丁巳浪華尚歯会記と山口睦斎』（昭和六十一年三月二十日刊・和泉書院）
○久松潜一著『賀茂真淵　香川景樹―歴代歌人研究―』（昭和十三年十二月二十日刊・厚生閣）
○藤井喬著『阿波人物志』（昭和四十八年八月一日刊）
○中野三敏著『江戸名物評判記案内』（一九八五年九月二十日刊・岩波新書）

〈初出一覧〉

(1)「大橋長広について─京における鈴屋門─」
……「武庫川国文」四十八号、武庫川女子大学　平成八年十二月五日

(2)「京の鐸舎の書状刷り物」
……「混沌」二十二号　大阪藝文研究混沌会　平成十年八月二十六日

(3)「和歌誹諧体の宗匠　伊東颯々」
……「武庫川女子大学紀要（人文・社会科学）」四十五巻　平成十年三月三十一日

(4)「追善歌集『月の玉橋』について〈付・翻刻〉」（原題）
……「武庫川国文」四十一号　武庫川女子大学　平成五年三月二十五日

(5)「国学者　矢盛教愛について─付・矢盛文庫旧蔵本目録─」
……「混沌」十五号　大阪藝文研究混沌会　平成三年七月二十六日

(6)「幕末期における山片家と懐徳堂─四水館をめぐって─」
……「懐徳」六十六号　大阪大学文学部内懐徳堂記念会　平成十年一月三十一日

(7)「尼崎郷校の儒者　鴨田白翁」
……「混沌」二十一号　大阪藝文研究混沌会　平成九年十一月十六日

(8)「高山慶孝について—付・高山慶孝蔵書目録（翻刻）『慶応二年丙寅秋八月改正　高山氏蔵書目録』—」（原題）
……「混沌」十八号　大阪藝文研究混沌会　平成六年十月二十六日

(9)「遠藤千胤「明石の浦月見の記詠草（仮題）」（原題）
……「みをつくし」七号　平成七年一月

(10)「滋岡家と近世大坂雅壇」（改題「滋岡家と近世後期大坂雅壇」）
……「会員の広場」武庫川女子大学国文学会　平成十年九月十六日

(11)「天保五年の山口睦斎」
……「武庫川国文」四十九号　武庫川女子大学　平成九年三月二十二日

(12)「黄門定家卿六百五拾年祭歌集について」
……「武庫川国文」五十四号　武庫川女子大学　平成十一年九月十六日

(13)「見立評判記二種（解題・翻刻）『画家鵜風味批評 并儒医画工役者匙評判』」
……「武庫川国文」五十号　武庫川女子大学　平成九年十二月二十一日

(14)「『大和国名流誌』について」（影印解説）
……書き下ろし

■著者紹介

管　宗次（すが　しゅうじ）

昭和31年　兵庫県生
昭和55年　青山学院大学卒業
現在　武庫川女子大学助教授
　　　金蘭短期大学非常勤講師
専攻　近世文学・国語学
著者　定本群書一覧（昭和59年ゆまに書房）
　　　群書一覧研究（平成1年和泉書院）
　　　京大坂の文人―幕末・明治（平成3年和泉書院）
　　　幕末・明治上方歌壇人物誌　日本図書館協会推薦図書
　　　（平成5年臨川書店）
編　　国雅管窺・和歌虚詞考（昭和60年和泉書院）
　　　尾崎雅嘉自筆本百人一首一夕話（平成5年臨川書店）
　　　淡路国名所図絵（平成7年臨川書店）
共編　管宗次・吉海直人　小倉百歌伝註・百人一首伝心録
　　　（平成9年和泉書院）

京 大坂の文人 続　幕末・明治 付『大和国名流誌』　上方文庫 21

2000年5月10日　初版第一刷発行©

著　者　管　宗次
発行者　廣橋研三
発行所　和泉書院

〒543-0002　大阪市天王寺区上汐5－3－8
電話06-6771-1467／振替00970-8-15043
印刷／製本　亜細亜印刷

ISBN4-7576-0048-8　C0395　定価はカバーに表示

上方文庫

書名	著者	番号	価格
安政丁巳浪華尚歯会記と山口睦斎	管宗次・郡俊明 編著	1	品切
大正の大阪俳壇	大橋櫻坡子 著	2	二六〇〇円
大阪の和学　付、大阪国文談話会の歩み	大阪国文談話会 編	3	一八〇〇円
龍谷大学図書館蔵石山退去録	関西大学中世文学研究会 編	4	二六〇〇円
石川啄木と関西	天野仁 著	5	二五〇〇円
上方の文化　元禄の文学と芸能	大阪女子大学国文学研究室 編	6	品切
上方の文化　近松門左衛門をめぐって	大阪女子大学国文学研究室 編	7	一八〇〇円
京都のことば	堀井令以知 著	8	品切
大阪の俳人たち 1	大阪俳句史研究会 編	9	一八四五円
上方の文化　芭蕉観のいろいろ	大阪女子大学国文学研究室 編	10	二〇〇〇円

（価格は税別）

上方文庫

- 京 大坂の文人　幕末・明治　管宗次著　11　二八〇〇円
- 大阪の俳人たち 2　大阪俳句史研究会編　12　二三〇〇円
- 上方の文化　上方ことばの今昔　大阪女子大学国文学研究室編　13　二〇〇〇円
- 大阪の俳人たち 3　大阪俳句史研究会編　14　二三〇〇円
- 大阪の俳人たち 4　大阪俳句史研究会編　15　二五〇〇円
- 戦後の関西歌舞伎　私の劇評ノートから　島津忠夫著　16　二五〇〇円
- 明治大阪物売図彙　菊池真一編　17　二五〇〇円
- 大阪の俳人たち 5　大阪俳句史研究会編　18　二五〇〇円
- 大坂怪談集　高田衛編著　19　二〇〇〇円
- 関西黎明期の群像　馬場憲二・管宗次編　20　二五〇〇円

（価格は税別）